KB268665

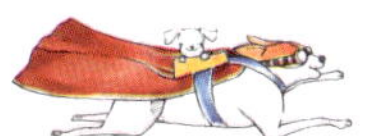

새봄이의 사생활

새봄이의 사생활

저자_ 이재숙

1판 1쇄 인쇄_ 2011. 3. 14.
1판 1쇄 발행_ 2011. 3. 18.

발행처_ 김영사
발행인_ 박은주

등록번호_ 제406-2003-036호
등록일자_ 1979. 5. 17.

경기도 파주시 교하읍 문발리 출판단지 515-1 우편번호 413-756
마케팅부 031)955-3100, 편집부 031)955-3250, 팩시밀리 031)955-3111

저작권자 ⓒ이재숙, 2011
이 책의 저작권은 저자에게 있습니다. 서면의 의한 저자와 출판사의 허락 없이
내용의 일부를 인용하거나 발췌하는 것을 금합니다.

Copyright ⓒ 2011 by LEE JAE SOOK
All rights reserved including the rights of reproduction
in whole or in part in any form. Printed in KOREA.

값은 표지에 있습니다.
ISBN 978-89-349-4811-7 03810

독자의견 전화 031)955-3200
홈페이지 http://www.gimmyoung.com
이메일 bestbook@gimmyoung.com

좋은 독자가 좋은 책을 만듭니다.
김영사는 독자 여러분의 의견에 항상 귀 기울이고 있습니다.

새봉이의 사생활

유기견과 기자 엄마의 운명적 사랑

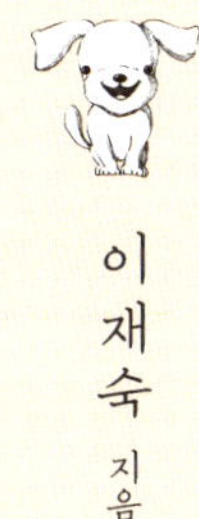

이재숙 지음

김영사

짧다면 짧고, 길다면 긴 여섯 살 내 인생에서도 잊지 못할 순간이 있다.

그날은 새벽부터 봄비가 부슬부슬 내렸다. 텅 빈 아파트 숲 속에서 길을 잃은 나는 당황한 나머지 여기저기 헤매고 있었다. 주인이 나를 버렸는지, 스스로 길을 잃어버렸던 건지 모르겠지만 비를 맞아 너무 춥고, 무섭고, 배고팠다. 아무튼 공황 상태에 빠져 있었다.

비도 피하고 사람이라도 찾아볼 요량으로 나는 무작정 아파트 현관 으로 뛰어 들어가서는 20층까지 단숨에 올라가 막 짖어댔다. 딱히 누 구를 불렀던 게 아니라 그저 무서워서 그랬다. 오줌도 좀 쌌던 거 같다.

누군가 신고를 했는지 결국 경비 아저씨한테 체포되어 끌려 내려오 고 말았지만, 한편으론 아저씨에게라도 매달리고 싶은 심정이었다. 그 런데 아저씨는 나를 싫어했나 보다. 내 목에 임시방편으로 노끈을 매

새 봄이의 사생활

어 아파트 화단 소나무에 나를 묶어놓고는 가버렸다.

나무 밑이라 비를 피할 수 있었지만, 조금 움직이기라도 하면 노끈 때문에 목이 조여왔다. 나뭇잎에 매달려 있던 빗방울들이 바람결에 후드득 떨어질 때면 찬 기운이 몸속 깊이 파고들었다.

나는 소나무에 결박돼 자유마저 잃고 절망감에 계속 울어댔다.

"저 좀 보세요~. 누구 없어요~?"

정말 지쳐서 자포자기할 때쯤 갑자기 구세주처럼 누군가가 나타났다. 온몸이 하얗고 두 귀는 짙은 갈색에 짝짝이인, 뒤룩뒤룩 살쪘지만 어쩐지 품위 있어 보이는 친구 하나가 어슬렁거리며 내 쪽으로 다가오고 있었다. 그 뒤로 한 아줌마가 따라 올라왔는데 키가 크고 착해 보였다.

나는 천우신조의 기회를 놓칠 수 없어 울며불며 매달릴 수밖에 없었다.

"아줌마, 누나! 나 좀 살려주세요. 네? 제발요~."

무뚝뚝한 방울이 누나 왈,

"날뛰지 말고 좀 가만있어 봐. 이자슥, 똥 도로 들어가버리겠네."

아줌마는 침착함을 잃고 나보다도 더 당황한 나머지 거의 울 듯한 표정이었다.

"너네 집 어디니? 아이고 불쌍해라. 어떡하지? 그만 울어. 알았어, 알았어……."

이제 살았다 싶었다. 한눈에 이 아줌마, 천사라는 걸 개코의 정확함으로 알아챘다. 그런데 한참이나 나를 안아주고 달래주던 이 천사가

머리말

갑자기 나를 내려놓더니 왔던 길로 되돌아가는 것이 아닌가. 이런 황당 시추에이션을 보았나.

"아줌마~ 왜 그래요, 내가 맘에 안 들어? 갑자기 그럴 수 있는 거야? 말 좀 해봐요."

나는 눈이 뒤집혀서 필사적으로 소리쳤지만, 아줌마는 급기야 부리나케 뛰기 시작했다.

그것이 엄마와의 첫 만남이다.

2006년 5월 5일 어린이날, 아침 아홉 시였던 걸로 또렷이 기억한다.

당시 엄마의 얼굴은 뭐 그다지 내세울 거 없어 보였고 자다가 금방 일어난 행색이었다. 품위로 따지자면 방울이 누나가 더 나아 보일 정도였다. 미안하지만 엄마의 첫인상은 그랬다.

엄마가 집과 회사에서의 외모 편차가 좀 심한 사람이라는 건 나중에 알았다. 역시 나중에 알게 된 일이지만 그 화단은 매일 아침 방울이 누나가 산책 중에 똥을 누러 들르는 몇몇 이동 화장실 중 하나였다는 사실도.

그 후로도 엄마한테 몇 번이나 반복해서 나의 입양 이야기를 들어야만 했다. 엄마는 나를 보는 순간 가슴이 철렁하면서 구해줘야겠다는 마음이 들었다고 한다. '운명적인 만남'이랄까.

그런데 엄마로서는 쉽게 혼자 결정할 수 없는 일이었다고.

엄마가 직장을 다니시니 결국 할머니가 궂은일을 도맡아야 하는 형

편이었던 것. 할머니는 평소에도 아파트에서 강아지 두 마리를 키우는 건 힘들다고 말씀하셨고, 그즈음 아빠도 방울이 누나의 털이 많이 빠져서 심신이 탈진한 상태였다고 한다.

집에 돌아와 눈물로 호소하는 엄마에게, 솔이 형은 "내가 키울 테니 얼른 데려오라"고 재촉하면서 '급찬성' 모드였다고 한다. 하지만 할머니와 아빠는 "애야, 개가 불쌍하기는 하지만 어떡하겠니. 일단 키우면 10년은 넘게 책임져야 하는데 두 마리는 키우기 힘들어. 마음은 아프지만 애초에 딱 잘라야지. 밥이나 좀 갖다주고. 또 주인이 찾으러 올지도 모르잖아" 하시며 안타까운 표정을 지으셨다고 한다.

그런데 아빠가 미련이 남았던지 "예뻐? 순종이야?" 라고 물어보더니, 엄마가 아닌 것 같다고 하자 시큰둥해했다는 것이 엄마의 전언.

그럼 뭐야, 순종이고 예쁘면 데려다 키우겠다는 건지. 이중인격자 같으니라구. 살면서 아빠의 이렇게 감춰진 속물근성을 가끔 마주칠 때면 '아~ 사람은 겉으로 봐선 알 수 없구나' 하는 생각이 든다.

그 와중에도 내 울부짖는 소리로 아파트가 쩌렁쩌렁 울리자 엄마는 안절부절못하며 다시 집을 나섰다고 한다. 마침 강쥐 구름이와 산책 중이던 구름이 엄마를 만났고, 지푸라기라도 잡는 심정으로 구름이 엄마에게 자초지종을 얘기하고 키워주실 수 없냐고 부탁했다. 그러나 구름이 엄마도 입양할 형편은 안 됐던 모양이다. 지금 생각하면 다행이다. 나 같은 보물덩어리를 남에게 줘버릴 뻔했으니까.

엄마는 왠지 모를 죄책감과 좌절감에 사로잡혔다. 그러나 한번 독하

머리말

게 마음먹으면 관철시키고야 마는 기자 정신을 발휘해 엄마는 '그래, 내가 키우고야 만다'고 생각하셨단다. 엄마는 역시 한다면 하는 사람이다.

엄마는 무대뽀로 나를 안고 집에 들어갔다고 한다. '할머니와 아빠가 마음이 약한 사람이니 그냥 밀어붙이고 보자.' 이게 엄마의 작전이었는데 적중했던 거다.

나중에 들은 아빠의 얘기.

"그게 말이야, 네가 그놈을 안고 들어오는데 털은 다 젖어서 바들바들 떨고 있지, 눈동자 딱 마주쳤는데 간절하더라구. 그래, 이놈 우리가 키우자, 하는 생각이 그냥 들었어."

이중인격자인 아빠가 날 보자마자 단박에 무너졌던 것이지.

나의 등장에 가족의 놀람은 잠시. 굶주렸던 내가 밥 한 사발을 게눈 감추듯이 먹어버리자 온 식구가 기특하다며 기립박수까지 치고 약간 흥분의 도가니를 이루기까지 했다니까.

밥 먹고 박수 받은 건 처음이라 좀 어리둥절했었다. 나중에 알게 된 일이지만 방울이 누나나 내가 밥을 거부하면 엄청 구박을 받는다. 안 먹으면 강제로 입을 벌리고 막 쑤셔 넣기까지 하고. 그래서 누나와 내가 날로 살이 찌는 것 같다. 다이어트 사료를 먹이면서, 좀 안 먹으면 구박하는, 뭔가 앞뒤가 안 맞는 이상한 가족. 살이 쪄도 욕먹고, 안 먹어도 욕먹고, 나보고 어쩌라는 건지.

얘기가 좀 샜지만, 어쨌든 식사에 이어 아빠의 '목욕 환영식'으로 나

는 이 집안의 한 식구가 되었다.

뚱땡이 방울이 누나도 군기 한 번 안 잡고 나를 동생으로 받아주었는데, 늘 사람인 양 구는 누나는 나를 그저 자기 애완견 정도로만 생각했는지도 모른다.

내가 입양된 지도 벌써 5년의 세월이 흘렀다.

엄마는 그때 등 뒤에서 들리는 내 목소리가 하도 애절해서 거두지 않으면 벌 받을 것 같은 무서운 느낌이었다지, 아마?

그 '무서운 끌림'이 운명이고 인연이라는 게 엄마의 해석이다.

그리고 나는 '봄에 새로 왔다'는 뜻의 '새봄이'로 또 다른 삶을 살게 되었다.

당시 동물병원 진료를 통해 밝혀진 나의 신원.

나이: 이가 난 개수로 볼 때, 만 한 살로 추정.
종류: 몰티즈 잡종mixed.   성별: 수컷.
노숙 기간: 목욕식으로 증거 인멸, 분석 불가!

머리말

CONTENTS

머리말 운명을 만나다 • 4

01

못 말리는
우리 집

나는 언제 사람이 될까요? • 16 │ '회장님 댁 개'로 거듭나다 • 20 │ 엄마의 교육열 1 • 24 │
엄마의 교육열 2 • 29 │ 엄마의 꿈 • 33 │ 개보다 못한(?) 아빠 인생 • 36 │ 복분자의 힘 • 38 │
눈곱대장 새봄이 • 42 │ 방귀 폭탄 • 44 │ 엄마의 전생 • 46 │ 아빠의 처제 방울이 누나 • 50 │
효부 엄마의 두 얼굴 • 53 │ 고부지간 똥타령 • 57 │ 뜨거운 모정 • 61 │ 똥배 명예훼손 • 69 │
엄마의 연말정산 • 73 │ 죽을 땐 쿨~하게 • 75 │ 싸가지 있는 KBS 뉴스 속보 • 77 │ 구수한
(?) 발꼬랑내 • 79 │ 개 보살님들 • 83 │ 엄마는 홈쇼핑 중독자 • 87 │ 나의 패륜 사건 • 92 │
매일 업 짓는 엄마 • 97 │ 죽었다 깨어나도 • 100 │ 말하는 개 • 102 │ 모르고 먹으면 약? •
107 │ 전신미용 고통 • 111 │ 에미야, 플래시 잘 챙겨라 • 115

02

달려라,
울엄마

손가락 잘라버릴 거야 • 120 | 미끼와 시어머니 • 123 | 싸움의 기술 • 126 | 세상 들꽃 하나도 그냥 피어나지 않는다 • 128 | 악녀 토냐 하딩 덕분에 • 131 | 고故 송성일 선수를 기억하며 • 134 | 매일 토할 것 같은 기자 • 138 | 엄마도 탈레반의 인질 • 140 | 숨 쉬지 말고 • 144 | 천덕 여왕과 부담 • 147 | so~ what~~~~!!? • 150 | 상조 전문기자 • 153 | 혀슬기 기자 • 155 | 아! MBC 이진숙 기자요? • 158 | 씹었다면 입 안에 가시가 돋칠 거야 • 161 | 옷 좀 벗어주세요 • 164 | 이상한 병원 • 166 | 뉴스 라인업의 고민 • 172 | 세수하~러 갔다가 물만 먹고 왔지요~ • 174 | 인연&인연 • 177 | 짤쑥이 • 180 | ○○○ 사관학교 • 184 | 이 기자의 굴욕 • 187 | 안 되면 되게 하라 • 191 | 어머니! 급해요! • 195 | 엄마의 진짜 직업병 • 198 | 웃지 못할 방송사고 • 201

03

내 친구를
소개합니다

못다 한 사랑 • 208 | 내 친구 '청이' • 213 | 앞집 할아버지 • 217 | 또 다른 라이벌 야옹이 • 222 | 내 똥꼬도 사랑하는 울엄마 • 226 | 기자 맞아요? • 228 | 김금순 이야기 • 230 | 부처님께 귀의합니다? • 236 | 강쥐를 위한 천도재 • 241 | 신종 아이디어 발명품 — 유견차犬車 • 244 | 짱구와 꼬맹이 • 248 | 야옹이네 다섯 식구 • 252 | 엄마가 금배지 달면? • 257 | 비누 먹고 자살하기 • 261 | 개 팔자=상팔자, 어쩌라고요? • 264 | 개한테 미친 여자 • 268 | 뿌뿌와 쭈쭈 • 270

맺음말을 대신하여 새봄이의 말 • 273
후기 엄마의 말 • 282

이제 살았다 싶었다.

한눈에

이 아줌마

……

천사라는 걸

……

개코의 정확함으로 알아챘다.

 Mr. DOG's private life

1부 — 못 말리는 우리 집

나는 언제 사람이 될까요?

우리 집에는 내 강력한 라이벌 누나가 있다.

나이는 아홉 살! 출신 불명 잡종 누나! 별명 '거만 공주'.

나도 잡종이지만 누가 보더라도 몰티즈의 혈통임을 알 수 있다.

하지만 누나는 도대체 조상이 누구인지 가늠할 수 없는 잡종녀♀다.

솔이 형이 가끔 제정신 아닐 때 '혹시 영국 왕실견 같은 거 아닐까?'
하고 헛소리할 때도 있지만 그저 형의 망상일 뿐이다.

그런데도 엄마와 아빠는 늘 이런 누나를 대견스럽게 생각한다.

"우리 방울이는 너무 기특하고 속이 깊어요. 개 같지 않고 꼭 사람 같
다니까요. 다음 생에는 꼭 사람으로 태어날 거예요."

특히 엄마는 누나의 환생을 믿는 확신범 중 한 명이다.

"방울 공주! 다음에는 꼭 사람으로 태어나서 엄마 딸 될 거지?"라고
하신다.

　그러면서 천방지축 나에게는 "너는 아직 멀었어. 사람 되려면 몇 겁은 더 살아야 돼" 하신다. 그럴 때마다 내 심정이 어떠냐구? 진짜 '개' 같다. 차별받는 심정은 아무도 모른다니까.

　어제는 누나의 실체가 적나라하게 드러나 엄마 아빠의 아름다운 환상이 깨진 일대 사건이 벌어졌다.

　밤 열한 시!! 주문한 족발과 보쌈 야식을 냠냠 아저씨가 배달해왔다.

　대학생 솔이 형과 나머지 가족은 늘 그렇듯이 주문도 하기 전부터 "많이 먹으면 안 되는데…… 안 되는데…… 살찌는데" 하면서 연신 방정들을 떨어댄다.

　누나와 나는 마음속으로 "그래그래, 조금만 먹어라, 살찐다" 하며 호재를 불렀다.

　"우리도 오늘 개끈 풀어놓고 한번 먹어보자."

　누나는 벌써 목젖이 꿀꺽꿀꺽, 눈에는 광기까지 서려 있다.

　그러나 역시 말뿐, 우리 집 식구들의 식탐은 어쩔 수 없나 보다. 먹을 거 다 먹는다. 콜라에 트림까지 해대면서. 말이나 말든가. 나 원 참!!

　어쨌든 나와 방울이 누나에게는 원님 덕에 나발 불 수 있는 절호의 찬스! 소화불량에 걸린 나를 위해서 엄마는 살코기만 뜯어서 주셨지만, 게걸스러운 누나에게는 아예 큼직한 족발 하나를 통째로 하사하셨다.

　엄마가 '신문지 밥상'을 깔아주려고 먹고 있던 누나의 뼈다귀를 잡는 순간, 사나운 목소리가 우리를 긴장시켰다.

　"으르렁!! 으르렁!!"

1 _ 못말리는 우리집

순간 아빠의 다급한 목소리가 터져나왔다.

"이재숙!! 조심해!! 방울이한테 물린다!!"

엄마의 말씀이 귓가에 생생하다.

"이넘의 지지배. 돼지같이 먹는 거밖에 몰라."

솔이 형도 거들었다.

"재가 무슨 사람으로 태어나? 완전히 개야! 사람으로 태어나도 공부 엄청 못할 거야!"

누나가 언젠가 나에게 넋두리를 했다.

"나 왜 이러나 몰라, 먹을 거만 보면 눈에 뵈는 게 없어진단 말이야."

'저 상태로는 다음 생에 사람 못 된다'에 한 표!

철석같이 믿었던 누나도 저런데 나는 언제나 사람이 될 수 있을까?

멍! 멍!

'회장님 댁 개'로 거듭나다

올해 어엿한 대학생이 된 엄마 아빠의 무녀독남 솔이 형은 예전부터 나와 방울이 누나에게, 아저씨라고 부를 것을 명령했다. 우리와 형제남매로 엮이길 한사코 거부한 것이다.

"너희가 건방지게 나를 형이라고 부르면 안 되지. 나는 아저씨야."

'팔푼이 같은 자슥, 어린 놈 주제에…….' 마음에 들지 않았지만, 별수 있나? 엄마 아빠의 얼굴을 봐서라도 참을 수밖에. 게다가 그 당시는 내가 입양 초기의 적응 단계로 약자의 입장에 있었기에 솔이 형의 명령을 거부하기는 어려웠다.

그러나 내가 적응기를 완전히 마치고 우리 집의 주역으로 등극한 이후로는 마음을 바꿔먹었다. 솔이 형의 면전에서야 가정의 평화를 위해 아저씨로 부르지만, 누나와 나 사이에선 '솔이', '그놈', '그 자식', 많이 양보해서 '형' 정도로 부르고 있다. 내 나이가 사람으로 치면 오

 새봄이의 사생활

히려 솔이보다 위이고, 누나 나이는 완전히 '큰어머니' 뻘인 걸로 볼 때 우리가 부르는 호칭이 그렇게 몰상식한 경우는 아니라고 생각한다. 다들 아시겠지만 개 나이는 사람 나이보다 몇 배나 더 쳐주는 게 상식이다.

우리를 '개 자식'으로 키워주시는 '무원칙'의 엄마와는 달리, 솔이 형은 어려서부터 '원칙 맨'의 싹수를 보였다고 한다.

초등학교 1학년 때였다. 하루는 엄마 아빠가 집에 돌아와 보니 솔이 형이 책 한 장을 갈기갈기 찢어놓았더란다. 왜 그러냐고 물었더니, 솔이 형이 "선생님이 책을 한 장 찢어서 코팅해 오라고 했단 말이야"라고 대답했단다. 기가 찬 엄마 아빠는 스카치테이프로 일일이 찢긴 조각을 다시 맞춰 붙인 뒤 문방구에서 코팅을 하셨다.

또 '기타' 사건도 있었다.

소풍 가기 전날 학교에서 알려준 준비물에 "…… 등 기타"라고 쓰여 있었던 것. 이쯤 되면 뭔지 짐작이 갈 거다. 솔이 형은 '기타' 안 가져가면 선생님한테 혼난다고 울고불고 떼를 썼단다.

요새도 솔이 형은 늘 원칙을 내세운다.

"엄마? 개 새끼들이 왜 이리 뚱뚱해? 개는 개답게 키워야지."

"솔아! 너무 원칙 따지지 마라!"

"차라리 '개 자식'들이 성인병 걸리더라도 먹고 싶은 거 다 먹게 해 주고 싶어. 너도 먹고 싶은 거 엄마가 못 먹게 하면 좋겠냐?"

　　　　　1 _ 못말리는 우리집 

이러면서 두 사람은 매일 똑같은 말씨름을 벌인다.

'엄마!! 솔직히 한마디 해도 되나요. 너무 자기 자식이라고 감싸고 도는 거 같은데요. 그건 '원칙적'이라고 하는 게 아니고, 솔이 형이 '골통'이라서 그런 겁니다요!! 엄마의 무원칙과 솔이 형의 원칙 사이 에서 우리는 늘 눈치 보고 살 수밖에 없다고욧.'

앞뒤 꽉 막힌 원칙주의자 솔이 형이 소박하고 평범한 우리 가문에 '영광'이 된 적도 있다.

고등학교 3학년에 막 올라간 솔이 형이 반에서 회장으로 당선된 것 이다. 평소 엄마 아빠는 내성적인 솔이 형한테, 자신감을 갖고 적극적 으로 행동하고, 자기주장을 솔직히 펼치라고 노래 부르다시피하셨던 터이기에 그 기쁨은 배가 됐다.

"아니, 우리 가문에 회장님이 나오시다니 웬일이니. 대단하다, 대단 해!!"

신이 난 할머니도 거들었다.

"에미야! 아파트 입구에 뭐 하나 걸어야 하는 거 아니냐? 그렇지 방 울아, 새봄아!!"

하지만 나는 아직도 엄마의 말씀이 생생히 기억난다.

"솔아! 근데 학기 초라서 너희 반 애들이 네 정체를 몰라도 엄청 몰 랐던 것 같다. 네가 생긴 건 그럴듯하잖니. 호호호…… 어쨌든 엄마는 네 덕에 아주 행복하다, 행복해!! 고마워~"

역시 엄마는 기자가 맞긴 맞나 보다. 거짓말은 안 하는 거 보니. ㅋ
ㅋㅋ.

이후 '회장님 댁 개'로 급상승한 우리도 사회적 신분에 걸맞은 행동
거지를 요구받았다.

하루는 엄마 아빠가 우리를 불러놓고 점잖게 타이르시는 거다.

"이제부터 너희들은 보통 여염집 개가 아니니 밖에 나가거든 매사
조심하고 품위 있게 행동해야 한다! 회장님 댁 개가 되었으니 다른 똥
개들처럼 처신하면 안 돼, 알았지? 아무 데나 오줌 싸지 말고…… 네
친구들 구름이, 청이, 짱구한테 자랑도 좀 하고……."

나 원 참. 그 회장이 뭐기에!!

엄마는 학창 시절에 회장만 했다며 자랑하는데, 검증할 길은 없다.

역시 부모한테는 자식이 감투 쓰고 공부 잘하는 게 최고의 행복인가
보다.

'저요? 자식을 키워봤어야 알죠. 멍!멍!'

1 _ 못말리는 우리집

엄마의 교육열 1

엄마 아빠의 교육열은 여느 집과는 천양지차로 직무유기에 가깝다.

사교육과는 애초에 담 쌓은 분들이라서 엄마 배 속에서 나온 솔이 형은 과외 한번 제대로 받아본 적이 없다. 더욱이 고3 때 간혹 공부 중이니 조용히 해달라는 말이라도 할라치면 '유세 떨지 말라'는 구박으로 되돌아오곤 했다. 형은 남들 다 받는 고3 대접도 못 받고 불우한 시절을 보냈다고 할 수 있겠다.

심지어 엄마는 고3 아들을 두고도 수능시험 과목에 뭐가 있는지도 잘 몰랐고, 수시와 정시의 구분도 하지 못하는 정도였으니 충분히 직무유기로 비난받을 만하다. 그런데도 엄마는 솔이 형에게 가끔 이렇게 말했다.

"네 공부 네가 해야지…… 결과에 대해선 네가 책임져야 하는 거야. 나중에 엄마 아빠 탓하면 안 된다.”

자율성을 강조한 말로 보이지만 사실은 미리 빠져나갈 구멍을 만들어놓는 작업이라는 게 내 생각이고, 엄마가 오랜 직장 생활에서 터득한 수법임을 알고 있다.

“어머, 고3 엄마 표정이 왜 이리 밝으세요? 이런 엄마는 처음 봤어요!”

당시 만나는 사람마다 공통적으로 하는 말이었다.

하지만 그때마다 엄마의 대답은 항상 명쾌!

“왜요? 어머! 그게 나랑 무슨 상관이에요? 제가 고3인가요? 자기 인생은 자신이 알아서 살겠죠. 말 못 하는 강아지도 아닌데요.”

이런 열악한 환경과 무관심한 부모라는 악재를 딛고 솔이 형이 어쨌든 대학에 들어갔으니 박수 받을 만하다.

엄마가 우리 견생犬生도 우리에게 맡겨주면 좋으련만, 나와 누나에게는 남다른 교육열을 보일 때가 종종 있다.

그것은 S본부의 〈TV 동물농장〉 때문이다.

‘세상엔 재주 많고 감동을 주는 친구들이 왜 이리 많은 거예요? 짜증나게 말이에요.’

심지어 돈을 입에 물고 슈퍼에 심부름 가는 친구들까지 있으니 말이다. 아빠가 가장 감탄했던 친구는 시골 촌놈이었는데 손(앞발)으로 철대문 고리를 풀고 잠그던 친구였다.

나는 솔직히 그 친구들 이해할 수 없다. 견생을 왜 그렇게 힘들게 사

1 _ 못말리는 우리집 

는지…….

‘개 자식’에 대한 사랑이 뻗치는 우리 엄마!! 어느 날 또 문제의 그 프로그램을 보시다가 느닷없이 한 말씀 하시는 거다.

“아니, 우리 애들은 뭐가 부족해서 재주가 하나도 없지? 우리가 너무 안 가르친 거 아냐? 숨겨진 능력을 찾아내 키워주는 게 부모의 도리 아니겠어?”

급기야, 우리의 능력치를 또 깜박하시고는 다시 한 번 ‘개 자식’ 교육에 의지를 보이신다.

“여보! 간식 좀 가져와봐. 애들도 보상을 주면서 가르쳐야 따라올 맛이 나지.”

아빠까지 한 수 거드신다.

“어째 애들은 이리 덜떨어졌냐. 남들 다 하는 ‘손 줘!’ 하나 못 하니 말이야. 자아~ 한번 해볼까?”

방울이 누나와 나는 졸지에 불려와 거실에 나란히 앉을 수밖에 없다. ‘또 욕을 바가지로 먹겠군.’ 걱정도 되지만 교육용 육포 하나를 건진다는 생각에 위안을 삼는다.

‘자~ 먹고 합시다.’ 요런 소리가 목구멍까지 올라왔으나 염치없는 것 같아 간신히 참았다.

엄마 아빠는 나와 누나의 앞발 하나씩을 들었다 놓으면서 “손 줘! 손 줘!” 하고 계속 외쳐댄다.

근데 엄마 아빠가 손을 놓기만 하면 내 손은 맥없이 풀썩 바닥에 떨

어지고 만다. 누나도 똑같다. 이 간단한 게 왜 안 될까? 엄마 아빠가
어르고 달래며 간식으로 유혹하시지만 왜 이 앞발이 혼자서는 안 올라
가는지 정말 죽을 맛이다. 흑흑……. 내가 안 되면 누나라도 돼야 엄마
가 덜 실망할 텐데 말이다.

아빠는 그새 열이 오르는지 우리 머리통을 쥐어박으며 이성을 잃으
시고 만다.

"이 놈들, 정말…… 훈련소에 입소라도 시켜?"

옛말에 '자식은 부모 마음대로 안 된다'고 했다.

한참 씨름이 이어지고, 성질 급한 엄마의 탄식이 쏟아진다.

"어이구, 안 되겠다! 얘들은 누굴 닮아서 머리가 나쁜 거야!"

죄 없는 아빠의 얼굴을 쳐다보더니 결단을 내리신다.

"포기하자구."

그 순간 나와 누나는 안도의 한숨을 내쉰다.

'후~욱!!!'

집요하게 계속 교육열이 발휘되었더라면? 오뉴월 개 발에 땀날 뻔
했다. 역시 엄마는 현명하시다. 포기할 때를 아는 '지혜'를 지니셨다
고나 할까?

근데 우리 동네 친구들은 '손 줘!' 하면, 척척 잘도 내미는 애들이
많은 거 같다. 어쩌나? 과외 수업을 받을 수도 없구. 나까지 사교육에
내몰려서야…….

이건 엄마 탓도 있다. 어려서부터 가르쳤어야지 누나나 나나 이미

머리통 다 굳었는데 뒤늦게 열 올려봐야 되겠냐, 이 말이다.

'엄마, 미안해요! 그 대신 우리는 귀엽잖아요. 하나님은 한 사람한
테 모든 걸 주시진 않는다고 엄마도 늘 말씀하셨잖아요. 헤헤…….'

하루는 엄마가 집에 돌아오자마자 의미심장한 미소를 지으며 가방에서 무언가를 꺼냈다.

"새봄아, 요게 뭘까? 널 위해서 가져왔는데."

나는 기대감에 잔뜩 부풀어 엄마의 손에 들린 것을 주시했다.

헝겊으로 만든 저 이상한 것은……. 바로 책! 나를 위한 그림책이었다!! 나를 가르치겠다며 특별히 얻어온 것이다.

지난번 '손 줘' 학습이 부진해 엄마가 '개 자식' 교육을 포기한 줄 알았는데, 그게 아니었나 보다. 포기는커녕 더 업그레이드된 교재를 갖고 오셨다.

사연인즉, 후배 여기자가 아기를 키우면서 사용하던 그림책이 필요 없게 되어 인터넷 장터에 팔려고 회사로 가져왔는데 엄마의 날카로운 눈에 포착된 거다. 마치 어미 새가 먹이를 낚아채듯이.

엄마는 특히 이 책이 헝겊으로 만들어져 인체에 무해하기 때문에 내가 입에 넣어도 전혀 문제가 없다며 한껏 고무되셨다.

근데 나 참 기가 차서……. 그 책은 한글도 아닌 영어로 되어 있었다. 한글이라면 대충 때려 맞힐 수도 있을 것 같은데 영어는 도통 자신이 없다.

예쁜 천으로 만든 창문 밑에는 영어로 'window'라고 쓰여 있고, 침대에는 'bed', 병원에는 'hospital' 등등.

정말 요즘 어린이들은 대단한 거 같다.

'손 줘!'도 못 하는 내게 이걸 외우라니…….

영문과 나왔다는 우리 엄마, 영문 모르고 의기양양 혀를 마구 굴리신다.

"새봄아, 따라 해! 요기, 이것 봐. 윈도! 창문이야, 창문! 윈도."

솔직히 너무 당황스러웠다. 하필이면 방울이 누나보다는 내가 더 똑

똑하다며 나를 가르치는 것 아닌가?

누나는 엄마와 눈이 마주치면 뭐라도 시킬까 봐 시치미 뚝 뗀 채 먼 산만 바라보고 있다. 때론 무대응이 최고의 약이라는 걸 누나는 연륜으로 아는 것이다.

내가 '이게 뭔 개 소리여?' 하는 표정으로 고개만 갸우뚱거리자 엄마는 일단 나의 흥미를 끌기 위해 물어보기라도 하라며 헝겊 책을 내 입에 들이댔다. 평소 내가 물고 당기는 장난을 좋아하긴 했다.

그러나 조금이라도 흥미를 보이면 다시 공부하자고 할 것이 뻔한데 내가 넘어가겠는가. 나는 일체 무대응 무반응 전략을 고수했다.

끝내 아무런 흥미를 보이지 않자 엄마의 실망도 커졌다.

"새봄아, 어쩜 이리 에미 마음을 몰라주니? 망할 넘! 이게 싫어? 이거 비싼 거야. 좋은 거래요. 공부하기 싫으면 그냥 입에 물고 놀기라도 하면 안 되겠니?"

이럴 때마다 해결사 아빠가 나선다.

"이재숙! 회사에 누구 줄 사람 있으면 줘."

엄마의 미련 섞인 한마디.

“하루만 더 해보면 안 될까? 에이~ 남 주기 아까운데 새봄이는 좀 다를 줄 알았는데……”

‘제가 살면서 느낀 건데요, 세상 엄마들은 자기 자식이 남다르고 천재일지도 모른다고 착각한다니까요. 엄마, 꿈 깨세요! 저 ‘개 자식’이라니까요! 멍멍!!’

기자라고 고상한 척하는 엄마 역시 속물이다.

엄마의 꿈이 뭐냐면?

아주 간단하다. 돈벼락 맞아 죽는 거다.

죽을 때 죽더라도 돈벼락 한번 맞아봤으면 좋겠다고 하신다.

신경이 예민해서 잠을 자주 설치는 우리 엄마!

그때마다 쓸데없는 꿈도 자주 꾼다. 그러곤 말도 안 되는 해몽을 갖다 붙이고, 어쩌다 정말 좋은 꿈이다 싶으면 로또 복권을 살 때도 있다.

"우리 같은 사회에서는 한 방에 끝을 봐야 한다"는 말과 함께.

이럴 때 보면 기자가 맞나 싶다.

한꺼번에 로또 스무 장을 산 적도 있다. 물론 로또를 구입하기 전에 가족 중에선 그나마 가장 이성적이라는 아빠의 자문을 구한다. 언제나 아빠의 결론은 똑같다.

"근데 말이야, 당신 꿈은 항상 잘나가다가 막판에 삼천포로 빠지거든. 이번에도 개꿈이야. 아쉽지만."

엄마 꿈은 대략 이런 식이다.

'바닥이 훤히 보이는 강바닥에 예사롭지 않은 커다란 황금빛 잉어가 첨벙첨벙 뛰놀고 있다. 잉어는 강기슭으로 슬금슬금 헤엄쳐 오더니 엄마 치마폭으로 풀쩍 뛰어오른다.'

이 얼마나 좋은가. 정말 대박 꿈이다. 이 지점에서 엄마가 깨어났어야만 했다. 그러나 우리 엄마 꿈은 늘 여기서 한 발 더 나가는 게 문제다. 인자한 표정을 지으며 잉어를 강물에 다시 풀어주었더라면 얼마나 좋았을까? 그런데 엄마는 다 들어온 복을 발로 차버리고, 아뿔사! 이것을 회 쳐 먹거나 매운탕을 끓여 먹고 만다. 대박 꿈에서 개꿈으로 변질되는 순간이다. 우리는 엄마가 꿈 얘기를 할 때면 '이번엔 뭔가 다르지 않을까' 하고 멋진 결말을 기대하지만 역시나 매번 개판으로 끝나고 만다.

나도 이해하기 어렵다. 왜 항상 이런 식인지. 참 허망하다. 할 수만 있다면 내가 엄마 꿈속으로라도 뛰어들어 말리고 싶은데, 내가 등장하면 진짜 개꿈이 될 것 같아 참는다. 혹시 우리 남매를 향한 열렬한 애정 탓에 엄마가 꿈도 개꿈 위주로만 꾸는 것은 아닌지 모르겠다.

객관적인 아빠의 조언은 성질 급한 엄마에게 절대 먹히지 않는다. 엄마는 꿈의 희망적인 부분만을 골라서 믿고 자신에게 유리하게만 해석한다. 내가 봐도 개꿈인데 말이다.

일단 로또를 사면 엄마의 상상력은 미친 듯이 나래를 펼친다. 엄마의 삶의 철학 가운데 하나가 '꿈은 이루어진다'이다. 여기서 더 나아가 당첨금으로 돈 쓸 일을 생각하면 가슴이 두근거리기까지 하신단다.

"최소 20억만 맞아도…… 아무튼 기다려보라니까 혹시 알아? 뭐 갖고 싶어?"

"일단 차나 한 대 사줘라."

아빠가 '혹시?' 하며 기대하는 눈치를 보인다. '나 원 참!! 조금은 이성적이라는 분이 저 모양이라니. 하긴 부부가 똑같으니 살겠지요.'

"당첨되면 우리 방울이 새봄이 옷도 명품으로 사줘야겠네. 구×? 루이××? 오! 생각만 해도 행복하네. 호호호……."

'아무리 '개 자식' 된 도리로 이해하려고 해도 엄마 속을 알 수가 없다니까요, 멍! 멍!'

      1 _ 못말리는 우리집

개보다 못한 (?) 아빠 인생 ☆

"어머! 영화 찍으시는 분 같아요."

아니면 "그림 그리세요? 글 쓰시나요?", "수염이 아주 잘 어울려요."

우리 아빠를 처음 만나면 사람들이 흔히 하는 말이다.

엄마는 가끔 아빠가 돈을 많이 벌어다 주지 않는다며 구박하시지만, 아빠의 그런 '먹물 분위기'랄까? 뭐 대충 그런 분위기에 넘어가고 만다. 앞으로 얼마나 더 넘어갈지는 모르겠지만.

아빠의 강력 무기 '먹물 분위기'도 나와 방울이 누나의 재롱에는 비교가 안 된다.

세상의 개라면 모두에게 출신 불문, 외모 불문하고 콩깍지가 씐 엄마는 우리를 너무 예뻐하신다. 나야 좋지만 좀 민망할 때도 있다. 오죽하면 아빠가 "개보다 못한 인생"이라며 자조 섞인 말을 하실까.

아빠가 얼마 전 《개 같은 내 인생》이라는 책을 읽으시면서 깊이 공감

하는 눈치였다. 허우대 멀쩡한 우리 아빠가 개보다 못하다니, ㅋㅋ
ㅋ…….

아빠의 불평에 엄마는 이렇게 받아친다.

"아니, 이 사람이 질투할 게 따로 있지, 말 못 하는 불쌍한 강쥐를 질
투해? 쯧쯧!!"

그리고 결정타를 한 방 날린다.

"그럼 내 앞에서 개같이 재롱떨어 봐!"

이 정도면 아빠도 난감한 표정을 지으신다.

이 대목에서 한번 짖어야겠다.

"와~우, 멍!멍! 역시 엄마는 나한테 미쳤어!! 홧팅!!!"

아빠가 한마디 한다.

"너도 미쳤어, 이놈아."

집에서 구박받는 50대 이상 아빠들을 위한 생존 팁 하나!

'혹시 이사 갈 때, 다른 거는 못 챙기더라도 '개 자식'은 꼭 끌어안
고 트럭에 타세요. 그러면 엄마들이 할 수 없이 버리지 않고 데리고 간
데요. ㅋㅋ.'

　　　　　　　　　　　　　　　1 _ 못말리는 우리집

복분자의 힘 ⭐

엄마도 이제는 나이가 들어가는가 보다. 팔다리가 쑤시고, 얼굴이 화끈거리는 것도 모자라 요즘은 밤에 잠도 잘 안 온다고 하신다.

갱년기인가? 그래서 이 증세에 좋다는 복분자가 냉동실 한편의 주인이 된 지 오래다.

사실 예전에 방울이 누나와 나는 아침 식사 후엔 꼭 커피 한 잔씩을 먹었다. 카페라테로! 왜냐고? 엄마가 좋아하는 커피 스타일이기 때문이다. 자식들은 식성도 엄마를 따라가기 마련.

엄마가 해외 출장이나 여행이라도 가시면, 할머니가 커피를 타주셨는데 입에도 안 대고 꼭 엄마표 카페라테만 찾아서 할머니가 짜증을 내시기도 했다.

"이 새끼들! 왜? 지 에미가 타준 것만 먹는지 모르겠네."

노인네식 다방 커피는 달달해서 영 입에 안 맞는다. 뭔 맛에 먹는지

모르겠다.

아무리 바빠도 출근 전에 꼭 커피를 타주시던 엄마는 어느 날 우리들의 건강이 걱정되었나 보다. 몇 년째 먹어왔으니 혹시 카페인 중독일지도? 우려와 동시에 즉각 메뉴가 바뀌었다.

복분자! 요강을 뒤집을 정도의 힘을 준다는 기적의 산딸기!! ㅎㅎㅎ. 대체할 후식을 고민하던 엄마는 KBS TV 프로그램 〈생로병사의 비밀〉을 보고 고무된 것이다. 복분자가 항암 치료에 효과가 있고 건강에 아주 좋다면서…….

당시 방울이 누나의 등에 작은 혹이 났었다. 병원 진단 결과 양성이어서 건강에 지장은 없고 더 커지지만 않으면 된다는 의사 선생님의 말씀! 그때부터 우리는 복분자에 우유를 타서 마시게 됐다.

솔직히 나는 성적 고통에 시달리다 가족의 무모한 결단으로 불임 수술을 받은 상태였음을 이 자리를 빌려 고백한다. 결코 밝히고 싶지 않은, 내 생을 지배하는 유일한 열등감은 이것이다.

성性 정체성!! 나란 존재는 무엇이란 말인가? '여러분도 성적 고통에 시달리면 수술을 택할 것인가'라고 묻고 싶다. 가혹하지만 나에겐 어쩔 수 없는 선택이었다. 내가 시도 때도 없이 개든 사람이든 무조건 올라타서 '붕가붕가'를 해대니 정상적 사회생활은 물론 개로서의 최소한의 품위 유지가 불가능한 상태였다.

그런데 이게 웬일? 수술 후유증이 만만치 않았다. 남자 강쥐인 내가 갑자기 겁이 많아져서 심하게 짖어댔던 것이다. 그때마다 사람들은 놀

1_못말리는 우리집 

복분자!
요강을 뒤집을 정도의 힘을 준다는 기적의 산딸기!! ㅎㅎㅎ.

라서 화를 내기도 하고, 엄마는 죄송하다는 말을 입에 달고 살았다. 또 쉬를 할 때 힘차게 한쪽 다리를 올려붙여야 하는데, 이게 안 되는 거다. 그러다 보니 앉은 것도 아니고 선 것도 아닌 어정쩡한 자세를 취할 수밖에. 남성 고유의 '영역 표시'도 안 되고, 몸은 날로 뚱뚱해지고……. 그 때문에 가족들은 미안해하고 나 역시 심신이 피폐해져만 갔다.

하지만 누나와 함께 복분자를 먹기 시작한 후 내 몸에 변화가 일어나기 시작했다. 제일 중요한 건 내가 다리를 들고 쉬를 하게 되었다는 사실! 만세!! 이 놀라운 변화에 엄마가 얼마나 기뻐했는지 모른다.

이럴 거면 뭣 하러 수술시켜서 '개 고생' 하게 만들었나? 속으로 쓴웃음이 나왔다. 남성 호르몬이 생성되어 짖는 것도 좀 줄어들었다는 게 엄마의 평가다. 기자 엄마답게 여러 가지 얼토당토않은 분석을 내놓으셨다.

그 후로 엄마는 복분자 전도사가 되었다. 남자 후배들에게 "복분자 효과 짱!"이라고 떠들고 다닌다. 보다 정밀한 임상효과 자료를 요구하는 사람들에게 꼭 하는 말.

"우리 '개 자식'이 다시 다리 들고 오줌 눈다니까요. 호호."

불임 수술을 반대하셨던 할머니는 지금도 종종 아쉬움을 표하신다. 내가 발라당 누워 있으면 따듯한 손길로 배를 쓰다듬어주면서 하시는 말씀.

"우리 새봄이 고추가 세상에서 제일 예뻤는데…… 쪼그라들어서 아깝네, 쯧쯧……."

이번 기회에 엄마랑 함께 복분자 홍보대사로 나서볼까나?

　　　　　　　　　　　　　　　　　　　　1 _ 못말리는 우리집

눈곱대장 새봄이 ⭐

콩깍지 씐 엄마는 내 눈을 들여다보며 말한다.

"새봄인 어느 별에서 왔을까? 눈이 왜 이리 예쁜 거야? 우리 새봄이
는 살아 있는 인형이야. 네가 우리 집에 오지 않았으면 어쩔 뻔했지?
하느님이 특별히 엄마한테 보내주신 선물이야."

이처럼 온갖 좋은 말을 봇물처럼 쏟아낸다. 그리고 마무리 짓는 확
인 사살 한마디.

"여보, 내 말이 맞지? 그렇지?"

그러나 아빠는 늘 듣던 말이려니 하고 대꾸도 안 하신다.

'개 자식'으로 5년간 엄마와 살아보니 이제는 알겠다.

'기분 좋으면 무슨 말인들 못 하겠어요? 돈 드는 거 아니잖아요.'

이렇게 예쁜 귀염둥이 나에게도 결점은 있게 마련. 옥에 티! 눈곱대
장이다. 누나 방울이와 달리 눈 밑에 털이 많은 나는 하루만 지나도 눈

곱이 떡처럼 뭉쳐서 그만 인물을 버려버린다. 나의 아픈 과거인 '노숙자'처럼 보이는 거다.

깔끔이 아빠는 눈곱 처리 담당이다. 수건에 물을 묻혀 내 눈에 매달린 눈곱 덩어리를 부드럽게 만든 다음 눈곱 전용 빗으로 정성스레 떼어낸다. 때론 뭉친 털에 빗이 걸려 무지 따갑다.

"앗 따가워, 앗 따가워!!"

이 상황이 싫어서 요리조리 고개를 돌리고 깨갱거리면서 아빠와 한바탕 실랑이를 벌이고 나면, 나는 다시 변신해 있다. 물론 꽃미남으로.

그 모습에 감동 받은 우리 엄마! 지저분한 눈곱마저 사랑으로 단장해주신다. 엄마는 약간 폼을 잡고 내 눈을 물끄러미 들여다보면서 이러신다. "음~~~ 여보! 새봄이가 눈곱이 왜 많은지 알아? 세상 살면서 보지 말아야 할 온갖 나쁜 것을 모두 마음속에 쌓아두지 않고 눈으로 다 토해내는 거야. 그러니까 마음이 순수하고 깨끗하잖아."

꿈보다 해몽이 좋은 우리 엄마!

'말솜씨 보면 역시 방송기자인가 봐요. ㅋㅋㅋ.'

언젠가 〈개그콘서트〉에서 그랬다. "일등만 알아주는 에잇, 더러운 세상"이라고. 누나 방울이와 나 새봄이는 잡종 이등견이지만 그래도 행복하다.

'나와보라고 해요!! 눈곱까지 관리받는 사람이 있냐고요~~~.'

방울이 누나! 이럴 땐 하이파이브!

세상의 이등견을 위하여…… 다 같이 개껌 들고 홧팅!!

방귀 폭탄

내가 제일 좋아하는 장소는 엄마의 무릎과 무릎 사이다.

따스한 스킨십도 느끼고 무엇보다 방울이 누나를 제치고 엄마를 독차지하는 기분이랄까? 문제의 그날도 나는 앞으로 닥칠 일은 상상도 못 한 채 엄마의 품속에서 포근함을 즐기고 있었다. 그런데 엄마가 예쁘다며 내 궁둥이 가까운 등 쪽에다 뽀뽀를 하는 순간, 난감한 일이 터지고 말았다.

배 속이 꾸르륵하더니 나도 모르게 그만 '피식!' 방귀를 뀌고 말았다. '이를 어쩌나?' 하고 내가 당황하고 있을 때, 그 순간 터진 엄마의 비명 소리!!

"어이쿠, 냄새야. 왜 이리 독한 거야. 질식할 뻔했네" 하더니 엄마가 급히 아빠를 부른다.

"여보! 빨리 와서 냄새 맡아 봐. 요놈이 방귀 뀌었어. 다 날아가기 전

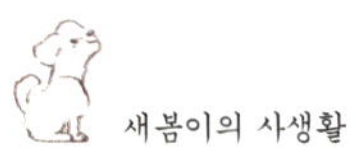

에 얼마나 독한지 확인해봐.”

순간 나는 기가 찼다.

‘남의 프라이버시를 이렇게 소문내도 되는 거야.’

난 민망한데 모두들 이렇게 기뻐하며 신기해할 줄은 미처 몰랐다. 아빠, 할머니, 솔이 형까지 신비 체험을 한 듯 놀라워했다.

이때 세상을 많이 사신 우리 할머니의 논평 한마디.

“에미야, 제 새끼 키울 때는 똥도 예쁜 법이다.”

‘한번 실수는 병가지상사’라는 말이 있지만, 이런 개 망신이 있나…….

사료 대신에 사람들이 먹는 것을 더 좋아하다보니 내 장은 가끔 탈이 나곤 한다. 솔직히 말해 사료 맛은 그리 좋지 않다. 몸에 좋다는 유기농도 별로다. 뚱뚱한 우리를 위한 다이어트 사료는 더 맛이 없다. 역시 엄마한테 한 입씩 얻어먹는 게 진짜 꿀맛이다.

원래 우리 강쥐들은 소금기 있는 음식을 먹으면 안 된다지만 어찌 원칙대로만 살 수 있겠나? 그러니 종종 속이 편치 않은 것은 당연지사!

‘개 밥 만드는 분들, 개 사료 좀 맛있게 만들어주세요. 새봄이 건강을 지키고, 새봄이 방귀 폭탄으로부터 가족을 보호하기 위해서라두요. 사람은 사람 음식을, 강아지는 강아지 사료를 먹어야 몸도 마음도 편한 법이랍니다. 왈왈!!’

1 _ 못말리는 우리집

엄마의 전생

혹시 전생에 대해 생각해본 적 있으신지요?

엄마는 좀 착하게 살겠다며 불교에 올인한 후 전생과 인연에 대해 확실히 믿고 있다. 누군가 엄마의 전생에 대해 물으면, 늘 자신 있게 대답한다.

"저요? 유기견요!"

엄마의 황당무계한 발언에 사람들은 추가 질문을 쏟아낸다.

"어머! 왜 하필 유기견이에요?" 등등.

그러면 엄마는 앤서링 머신에서 나오는 듯한 똑같은 대답을 한다.

"불쌍한 유기견을 본 날은 마음이 아파 잠이 안 오고 너무 괴로워요. 그러니 저는 전생에 버림받은 개였던 게 분명해요."

엄마는 믿어달라는 표정을 지으며, 유기견 전생설을 늘어놓는다.

"전생에 죄를 많이 지어서 버림받은 거 같아요. 그래서 금생에선 착하게 살아야 한다는 생각이 들어요."

한편으론 전생에 대한 엄마의 확신은 나 때문에 생겼는지도 모른다. 유기견 신분으로 아파트 화단 소나무에 묶여 있던 나를 집으로 데려올 때, 엄마는 나를 거두지 않으면 벌 받을 것 같은 생각에 사로잡혔다고 한다. 내가 생각하기에도 엄마와의 인연은 숙명적이랄까, 정말 예사롭지 않은 것 같다.

엄마는 또 윤회설을 믿는다. 엄마의 윤회설은 불교를 비롯한 학계에는 아직 보고되지 않은 독자 신생 이론이다. 그 설에 따르면, 사람으로 환생하기 위한 마지막 단계가 강쥐라는 것이다. 그렇다고 모든 강쥐가 다음 생에 바로 사람으로 환생하는 것은 절대 아니란다. 나처럼 철딱서니 없는 친구들은 강쥐로서의 윤회의 틀을 여러 번 거쳐야 한다나?

엄마는 방울이 누나에게는 늘 '윤회 점수'를 후하게 주신다. "방울이는 속이 깊어 다음 생에는 꼭 사람으로 태어날 거야"라는 말씀과 함께. 아빠도 누나에 대해서는 완전 동감이다.

엄마가 제일 싫어하는 사람들은? 동물 학대 하는 사람? 아니다! 개를 사랑한다면서도 보신탕을 먹는 사람들이다. 그런 사람들에게 엄마는 '악담' 한마디를 꼭 날려주신다.

"개고기 많이 드시면 다음 생에는 반드시 개로 태어나실 거예요."

그런데 엄마도 전생에 유기견이었다니, 어째 좀 수상하지 않나요? 엄마는 전생에 무슨 죄를 지었기에 유기견이었을까?

엄마 혹시…… 엄마도 그거 많이 먹었던 거 아니에요? 절대 아니죠? 흑흑!!

1 _ 못말리는 우리집

"불쌍한 유기견을 본 날은 마음이 아파 잠이 안 오고 너무 괴로워요.
그러니 저는 전생에 버림받은 개였던 게 분명해요."

아빠의 처제 방울이 누나 ⭐

우리 엄마는 가끔 엉뚱한 상상으로 주변 사람들을 놀라게 하는 재주가 있다. 전생과 인연을 굳게 믿는 엄마! 전생은 엄마에게 즐거운 '이야기 창고'라고나 할까?

물론 깜찍한 상상력은 다단계식으로 덧칠된다.

방울이 누나를 너무나도 사랑한 엄마는 '전생에 자기와 방울이 누나가 자매가 아니었을까' 하고 문득 문득 생각한다. 그러고는 '그랬을지도 몰라, 아니야 확실한 것 같아. 맞아, 어디서 본 듯해……그래, 방울이는 내 동생이었어……' 이런 식으로 확신 단계에 다다른다.

얘기인즉슨 이렇다. 잘 들어들보시길.

"방울이 누나는 엄마의 동생이었습니다. 두 자매는 남부럽지 않은 집안에서 고이 자랐습니다. 둘 다 출중한 미모에 우애까지 남달랐습니

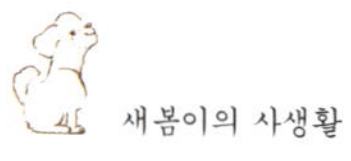

다. 그러나 전혀 다른 점이 하나 있었으니 언니는 정숙했고 동생은 화냥기가 있었다는 것입니다. 운명의 여신이 그냥 지나칠 리 없습니다. 어느 날 밤, 동생은 하인과 야반도주를 하나 결국 물에 빠져 죽습니다. 집안은 풍비박산, 동생을 못 잊던 착한 언니도 끝내 스스로 목숨을 버립니다. 언니는 다시 사람으로 태어났으나 동생은 큰 죄를 지었기에 개로 태어났습니다. 그렇지만 언니와 동생은 아주 애틋한 사이였기 때문에 부처님의 자비로 금생에서 다시 만나 살고 있는 것입니다."

결국 엄마의 상상력은 한 편의 〈전설 따라 삼천리〉로 완성되었다.

애기를 마치고 숙연하게 덧붙이는 엄마의 말씀.

"방울아, 이제 아빠가 아니고 형부야, 형부라고 불러. 여보, 당신도 처제니까 잘 부탁해."

착하고 유머 감각 넘치는 아빠! 엄마의 당부에 진지하게 방울이 누나 손을 잡았다. 그리고 누나를 소파에 앉히며 말씀하시길, "처제, 이리 와봐. 처제도 언니처럼 좋은 남자 만나서 시집도 가고 그래야 하는데 말이야."

'이게 당최 뭔 소린지?'

방울이 누나는 고개를 갸우뚱, 아빠의 말씀을 이해하지는 못했지만 그저 아빠에 대해 존경과 사랑의 표시로 배를 하늘을 향해 발라당 만세 자세를 취하고는 버둥거리기 시작했다.

처제의 민망한 포즈에 당황한 아빠의 말씀.

1 _ 못말리는 우리집

"어이구, 처제, 여자가 아무 데나 드러누우면 어떡해! 교양이 있어
야지!! 어서 다리 좀 오므려."

'정말 우리 엄마 아빠 별짓 다 하시죠? 언제 철이 드시려는지, ㅋㅋ
ㅋ……'

잠깐!! 그럼 저도 아빠를 매형이라고 부르는 게 맞는 거죠?

여러분도 지금 곁에 있는 강쥐 친구들과 분명 전생에 인연
이 있을 겁니다. 어떤 인연이었는지 알 수 없을 뿐! 아마 보통 인연은 아
니었을 거예요. 잘 생각해보세요. 여러분의 강쥐가 전생에 안타깝게 헤
어졌던 그 누구일지도 몰라요.

효부 엄마의 두 얼굴

시집온 첫날부터 엄마는 시어머니인 할머니와 같이 살았다. 솔직히 엄마가 착한 여자라서 그런 게 아니고 홀어머니에 외아들인 아빠의 악조건(?) 때문에 어쩔 수 없는 선택이었다. 막말로 남자한테 눈멀면 처음엔 뭐가 문제가 되겠습니까? ㅋㅋ.

30년 이상 서로 다른 삶을 살아온 엄마와 할머니, 살다보면 매일 좋기만 할 리 없다. 시어머니와 마음이 맞지 않을 때마다 아빠는 '아들인 죄'로 엄마로부터 쏟아지는 불평을 감수할 수밖에 없었다.

불쌍한 우리 아빠, 친엄마를 버리겠어요? 마누라를 버리겠어요? 예전에 엄마의 불평에 아빠가 쓰는 수법이 있었단다.

"이재숙, 잘나가다 왜 그러냐. 조금만 더 참으면 구청에서 주는 효부상이 눈앞인데…… 우리 아파트 노인정에선 다들 너를 효부로 알고 있잖아."

황당하고 기가 찬 엄마는 그만 허탈한 웃음을 지으면서 "내가 참아야지, 나무관세음보살!" 하신다. 그냥 물러설 수 없었던 엄마는 아빠를 겨냥해 들으라는 듯 방울이 누나를 앉혀놓고 당부한다.

"방울아! 요즘엔 고아로 자라서 돈 많이 벌어 자수성가한 남자가 제일 인기 있단다. 딸린 식구 없으니 얼마나 좋냐!"

처음 만나는 사람들은 우리 엄마가 시어머니와 20년간 살았다고 하면 "어머, 대단하시네요. 요즘 세상에 누가 그렇게 살아요?" 하면서 엄청난 효부라고 거품 물고 말한다.

그럴 때마다 엄마는 절대로 효부가 아니라고 손사래를 친다. 시어머니를 모시고 산 게 아니라 시어머니가 직장 생활 하는 며느리를 모시고 산 거라고 겸손 떨며 은근히 자기 주가를 올린다.

내가 냉정히 따져봐도 엄마 말이 맞는 거 같다. 아옹다옹하며 살다 보니 어느새 세월이 흘러 20년이나 된 거다. 엄마의 고백대로 회사라는 일종의 개구멍, '도피처'가 있었던 거다.

그리고 무엇보다 누나와 내가 일등 공신이라고 하신다. 솔이 형이 어렸을 때는 형이 할머니와 엄마를 이어주는 연결 고리가 되었고, 이

제는 솔이 형의 빈자리를 우리 남매가 채우고 있다면서.

혹시 시어머니와 함께 살아야 할 상황이라면 '개 자식' 한번 키워보는 것을 강력 추천한다. 물론 그전에 시어머니가 강아지를 좋아하는지 확인은 필수다. 며느리 없을 때 며느리 대신 우릴 구박하시면 참 난감해지기 때문이다.

옛말에 머리 검은 짐승은 거두지 말라고 했다. 하지만 우리 강쥐들은 절대로 배신 하는 법 없고, 오직 주인들이 잘해준 것만 기억한다.

야옹이 친구들은 주인이 못 해준 거만 기억한다나. 그러니까 전설의 고향에 야옹이들만 나오는 거다. 복수하려고. 죄송-; 내가 고양이 친구들 너무 깔아뭉갰나? 요즘은 고양이 친구들도 많이 변했다고 들었다.

아무튼 내 친구 강쥐들은 충성심이 강해서 훈훈한 스토리에 많이 등장한다. 유치하게 친구들의 영웅담은 일일이 늘어놓지 않겠다. 속 보이는 거 같아서.

우리 동네 강쥐 루키한테 들었다.

시각 장애인들의 안내견인 골든리트리버는 착해서 죽으면 모두 천

당에 간다나. 그런데 절대로 천당 문 안으로 들어가지 않는다고 한다. 왜냐하면, 주인 기다리느라고.

하루는 우리 엄마 아빠가 만약에 이혼하면 우리 가족 정리를 어떻게 할까, 하고 사이좋게 협의하시더군. 참, 별 쓸데없는 짓을 다한다.

아빠는 "너, 다 가져라. 난 필요 없다"라고 한다. 솔이 형은 누구도 데려가겠다는 얘기를 안 하고, 서로 떠넘기려고만 하니 참 아이러니하다.

엄마는 우리 남매와 할머니를 꼭 데려가겠다고 한다.

어라! 핏줄도 안 섞인 할머니를?

아빠와 우리는 참 이상한 여자네, 하고 고개를 갸우뚱했다.

"어머니도 같이 가야 돼, 나 회사 가면 애들 어떡해……."

효심孝心이 넘치는 것인가요?

견심犬心이 앞서는 것인가요?

배심원 여러분의 현명한 판단을 기다린다.

이혼 법정에서 김새봄 드림.

고부지간 똥타령

이웃들은 우리 가족이 서로 대화도 많이 나누고 화목하다며 부러워한다. 특히 며느리와 시어머니 사이는 나쁠 법도 한데, 할머니와 엄마는 우리를 사이에 두고 튼튼하게 연대를 맺고 있다.

두 분을 이어주는 가장 큰 화두는, 다름 아닌 '똥'이다! 회사에 다니는 엄마가 솔이 형을 낳고 키우면서 할머니와 가장 많이 나눈 대화의 주제는 똥이었고 지금도 마찬가지다.

솔이 형이 아기였을 때 신생아 변비가 심했다고 한다. 엄마는 회사에 가서도 할머니께 시도 때도 없이 전화를 해서는, 시어머니 안부는 안중에도 없고 오직 레퍼토리가 "어머니! 솔이 끙가 했어요?"였다고 한다. 고부간의 행복과 불행은 솔이 형의 배설 여부에 좌지우지됐다고 했을 정도니까.

솔이 형이 대학생으로 성장한 지금, 우리 집의 가장 중요한 '보고 사

항'은 나와 누나의 '끙가'와 '쉬!'이다.

아빠는 가끔 한탄한다.

"우리 집은 하루가 똥으로 시작해서 똥으로 끝나니…… 우리처럼 똥 얘기 많이 하는 사람들은 아마 세상에 없을 거야. 노상 똥 얘기뿐이잖아…… 그만들 합시다. 똥에 노이로제가 걸렸나?"

까칠한 솔이 형도 거든다.

"엄마, 할머니, 밥 먹을 때만은 제발 그만 하면 안 돼요? 토할 거 같아."

'개 자식' 감싸기에 나선 엄마의 반격도 만만치 않다.

"야, 밥맛만 좋다. 자기 어렸을 때는 생각 못 하고 유난을 떨어요."

할머니도 당연히 우리 편이다.

"난 새봄이 똥도 예쁘더라. 이 녀석아, 너도 그렇게 키웠다."

이렇게 가끔 집안에 분란이 일어나기도 한다.

더구나 방울이 누나에겐 목에 칼이 들어와도 양보할 수 없는 생활신조가 있다.

'똥오줌은 밖에 나가서 눈다. 난 이것만은 지키고 살겠다.'

비가 오나 눈이 오나 오직 밖에서만 생리 현상을 해결한다.

어떤 사람들은 이렇게 말한다.

"어머! 너무 좋겠어요? 집에 냄새도 안 나고……."

모르시는 말씀! 추운 겨울이나 비라도 오는 날이면 우리 집 사람들, 고생 좀 하신다. 추운 겨울에야 후다닥 나갔다가 잽싸게 들어오면 되니까 견딜 만하지만, 문제는 비 오는 날이다.

출신 성분과는 어울리지 않게 까탈스럽고 고고한 방울이 누나는 축축한 빗방울이 몸에 닿는 걸 질색팔색한다.

'비 오는 날엔 방광이 터지는 한이 있어도 난 절대 못 나가. 차라리 날 죽여라, 죽여' 하며 시간과의 사투를 벌인다. 참 무식할 정도다.

엄마와 할머니의 속이 얼마나 타들어가겠는가. 누나는 심지어 20시간 가까이 소변을 참은 적도 있는데 오줌 참기 기네스 기록 같은 거 있으면 도전해도 될 듯하다.

창밖에 비가 내리면 턴테이블에 음반을 걸고 커피 한 잔의 우수를 즐기는, 그런 정서적 풍경이 우리 집에서 실종된 지 오래이다. 오로지, 줄창, "비가 그쳐야 똥 누러 가는데, 똥 누러 가는데……" 하는 똥타령에 시름만 깊어진다.

결국엔 엄마 아빠가 버팅기는 누나의 머리채를 잡고 강제로 끌고 나간다. 빗속에서 아빠는 우산을 받쳐 들고, 엄마는 "방울아 쉬해! 쉬해!"라고 외쳐대지만 아무 소용없다.

'비 오는 날이 장날'이라는 말이 있던데, 우리 집은 비 오는 날 사람이 개고생하는 날이다. 일 년 중 엄마와 할머니가 제일 싫어하는 때는 단연 장마철이다.

20년 전에 그랬던 것처럼 지금도 엄마는 수시로 할머니께 전화해서 누나의 소변 실태를 체크하고 스트레스를 함께 나눈다.

물론 나의 가벼운 변비도 엄마의 걱정거리이긴 하다. 평생 변비에 시달려온 엄마는 내 문제를 자신의 일인 양 받아들인다. 그래서인지

엄마의 똥타령은 끝이 없다.

　매일 퇴근하고 들어오면 첫인사는 "어머니, 새봄이 똥 쌌어요? 방울이 오줌은요?" 하고 묻는다. 엄마들이 잠자리에 들기 전 아이들 오줌을 누이듯이 우리 남매도 매일 밤, 빈 공터에서 달빛 아래 볼일을 보는 것이 하루를 마감하는 필수 의식이다.

　할머니와 엄마! 그렇게 다른 얘기는 할 게 없는 걸까?

　우리가 없었으면 고부 사이가 어땠을까? ㅎㅎㅎ.

　똥타령＝사랑타령.

　솔이 형! 너무 깔끔 떨지 마라.

　할머니 말씀 들었지? 사람이 올챙이 적 생각을 할 줄 알아야지.

올여름은 유난히도 비 오는 날이 많아 우리 집에 근심 잘 날이 없었다. 비는 엄마의 가장 큰 웬수 덩어리다. 앞에서 말했듯이 '거만 잡종 공주' 방울이 누나는 목에 칼이 들어와도 집에서는 생리 현상을 해결하지 않기 때문이다.

그날은 오후 내내 내리던 비가 밤까지 그치지 않는 바람에 방울이 누나는 좀처럼 '쉬'할 틈을 잡을 수 없었다. 엄마는 초조한 마음으로 이제나저제나 비가 그치기만을 고대했지만 잔인한 폭우의 기세는 꺾일 줄 몰랐다.

수놈이고 효자인 나야 정 급하면 베란다에 있는 아빠의 자전거 뒷바퀴에다 볼일을 보기 때문에 엄마에게 걱정을 끼쳐드리지 않는다. 하지만 '그 망할' 누나는 그날 낮에 밖에서 '쉬'를 하고 늦은밤까지 참고 있었다. 이러다 다음 날 아침까지 참으면 오줌보가 터지는 비상사태가

그날은 오후 내내 내리던 비가 밤까지 그치지 않는 바람에
방울이 누나는 좀처럼 '쉬' 할 틈을 잡을 수 없었다.

발생할 수도 있다. 누나의 방광을 압박하는 고통은 그대로 엄마의 고통이 되었다.

"말도 못 하는 애가 얼마나 힘들겠냐"며 울상을 짓는 엄마. 창밖으로 비의 상태를 계속 확인하며 마치 똥 마려운 강아지마냥 안절부절못한다. 드디어 밤 12시경, 갑자기 엄마는 작심한 듯 자리를 박차고 일어섰다.

"안 되겠다, 방울아. 옷 입자" 하면서 누나에게 주섬주섬 옷을 입히기 시작했다.

할머니와 아빠는 이런 폭우에 어딜 가냐며, 방울이 누나를 나무라셨다.

"방울이 너도 참 독하다. 웬만하면 집에서 좀 누지. 급하면 싸겠지! 그냥 내버려둬라. 버릇을 고쳐야 해."

그러나 누나를 누구보다 끔찍이 사랑하는 엄마에게 씨알이 먹힐 리 없다. 엄마는 가끔 쓰는 최후의 방법을 쓰기로 했는데 먼저 비라면 질색하는 누나가 비를 덜 맞도록 옷을 입힌 다음 우리 아파트에서 비 안 맞고 '쉬'가 가능한 정자로 누나를 들고 뛰는 것이다. 물론 우산 받칠 손은 남아 있지 않으니 엄마는 그대로 비를 맞아야 한다.

그런데 이게 말처럼 그렇게 쉬운 일이 아니다. 비가 내리는 깜깜한 밤에 연약한 여자가 13킬로그램짜리 쌀자루를 들고 200미터 중거리를 뛴다고 상상하면 딱 맞다. 이거 무슨 유격 훈련도 아니고.

어쨌든 엄마는 운동화 끈을 질끈 동여매고 숨 한 번 길게 들이마신 후 길을 나섰다. 현관 스타트라인에서 영차 하고 누나를 들어 안은 엄

마는 골인 지점을 향해 달리기 시작했다.

200미터만 달리면 된다. 그런데 그 길이 달리기 좋은 트랙이 아니라 유감스러울 뿐이었다. 아파트 뒤로 돌아가는 울퉁불퉁 흙길은 조명 하나 없어 컴컴하고 좀 으스스하기까지 했다. 세찬 빗줄기가 얼굴을 때려 엄마는 눈을 제대로 뜨기 어려웠고, 엄마와 누나의 몸은 얼마 못 가서 물속에 빠진 생쥐 꼴이 되었다.

누나의 육중한 무게를 간신히 지탱하느라 엄마의 가느다란 팔은 이내 덜덜덜 떨리기 시작했다. 바닥에 고인 빗물이 첨벙거릴 정도로 달려 목적지의 중간쯤 왔을 때 갑자기 우산 쓴 한 남자와 마주쳤다. 그 남자는 귀신을 본 듯 깜짝 놀라더란다. 왜 아니겠는가? 야심한 밤에 비를 쫄딱 맞은 여자가 덩치 큰 개를 안고 자기 쪽으로 달려오니 정말 모골이 송연했으리라. 아마 그 아저씨, 집에 돌아가서도 자기가 본 게 뭔 시추에이션이었는지 무척 궁금했을 것이다.

'이재숙 여사 다이빙 사건'은 곧 몇 걸음 못 가 일어났다. 물이 고인 흙길을 달려가던 엄마의 몸이 일순간 허공으로 '붕' 날았던 것이다. 방울이 누나 역시 엄마의 손을 벗어나 공중 저 멀리 날아갔다. 야심한 밤에 뚱녀를 안고 폭우 속을 달렸으니 다리가 풀리는 것은 당연지사. 열심히는 달렸지만 하체가 상체를 따라잡지 못하니 앞으로 엎어질 수밖에.

엄마는 공중을 날던 그 짧은 찰나에도 방울이 누나 걱정뿐이었다니 대단한 모정이라 아니할 수 없다. 엄마는 개구리처럼 진창에 납작 엎어졌다. 뼈도 약해져가는 나이에 그 지경이 됐으니 얼마나 아팠을까?

200미터만 달리면 된다.

엄마는 순간 정신이 아찔하고 무르팍이 몹시 아팠지만 혹시라도 방울이 누나의 다리가 부러졌을까 봐 용수철처럼 벌떡 일어나 누나한테 달려갔다. 평소 겁 많던 누나도 얼마나 정신이 없었을까?

가슴부터 발목까지 흙투성이가 된 엄마는 놀란 나머지 "방울아, 괜찮아? 괜찮아?"를 연발했고 누나의 무사함을 확인하는 순간 갑자기 왈칵 눈물이 솟아올랐다. 너무 어처구니없어 '이게 뭐 하는 짓인가' 하는 생각도 들고, 흙투성이 몰골로 돌아가면 아빠가 화낼 것 같은 생각도 들었다.

그 짧은 순간 만감이 교차했지만 누나가 다치지 않은 게 가장 큰 위안이었다. 누나는 몸이 뚱뚱한 반면 다리는 새처럼 가늘고 길어서 평소에도 잘못 건드리면 꼭 부러질 것 같았다.

어쨌든 엄마에겐 마저 달려야 할 길이 남아 있었다. 흙투성이 몸에다 다리를 절룩거리면서도 물에 젖은 누나를 다시 안아 올렸다. 절박한 상황일수록 엄마들에겐 오히려 용기가 불끈 치솟는다고 했던가. 다시 빗속을 헤치고 미친 듯이 달린 엄마는 마침내 누나를 정자 밑에 내려놓았다.

"방울아 쉬해! 빨리 쉬하고 집에 가자! 쉬해! 쉬해!"

엄마는 누나에게 사정사정했다.

그런데 이게 웬일?

그날 밤 누나도 많이 놀랐던지 집 쪽으로 슬금슬금 도망가는 게 아닌가. 몹시 짜증이 난 엄마는 누나를 쫓아가 다시 정자로 끌고 와서 한바탕 씨름 끝에 겨우 쉬를 시켰다. 누나가 쪼그려 앉아 오줌을 누는 순간, 엄마의 근심 걱정은 세찬 빗줄기 속에 누나의 오줌과 함께 씻겨 내려갔다.

집으로 돌아오는 길도 고난의 여정이었음은 말할 필요가 없으리라.

집에 들어선 모녀는 흡사 부상당한 개선 용사와도 같았다. 물에 빠진 생쥐 꼴에다 진흙투성이 엄마의 처절했던 모습을 지금도 잊을 수 없다. 엄마의 분홍색 트레이닝 바지는 무릎 부분이 찢겨 있었다. 엄마는 집에 들어와서야 상처를 살펴볼 수 있었는데, 한눈에 보기에도 무릎이 벌겋게 벗겨지고 멍이 들어 꽤 아파 보였다. 그러나 엄마는 마치 그것이 훈장이라도 되는 양 만족스럽게 지긋이 내려다보는 것이었다.

이런 울트라 엄마의 괴력은 종종 발휘되곤 하는데 매번 안 가겠다고 버티는 나를 번쩍 들어 안고 머나먼 동물병원까지 행차할 때도 그렇다. 7킬로그램이 넘는 데다가 안 가겠다고 버둥거리는 나를 안고 500여 미터 거리를 걸어간다는 게 쉽지는 않다. 한여름에 땀을 비 오듯 흘리며 나를 안고 가는 엄마를 보면 안쓰럽기 그지없다. 병원 한번 갔다오면 엄마는 녹초가 되어버린다.

얼마 전에는 아파트 엘리베이터가 고장 나는 바람에 수리하느라 몇 시간이나 멈춘 적이 있었다. 이때도 엄마는 한사코 계단 걷기를 거부하는 누나를 역시 번쩍 들어 안아 8층에서 걸어 내려갔다가 올라오는 괴력을 보이기도 했다. 비쩍 마르고 허리 디스크 환자인 엄마에게서 어떻게 그런 힘이 나오는지 불가사의하다. 세상의 모든 엄마가 다 그

1 _ 못말리는 우리집

런지도 모르겠다.

누군가 이런 엄마에게 그랬단다.

'개 어미' 자격 있다고…….

있다뿐이겠는가. 넘쳐서 탈이 날 정도이다. 그 사랑을 먹고사는 내가 보기에도 좀 줄여도 괜찮지 않을까 생각한다.

엄마와 함께 우리 가족의 사랑이 나의 얼굴까지 바꾸어놓았다는 게 동네 주민들의 중론이다. 나는 동의할 수 없지만, 이웃들 말에 따르자면 입양 당시엔 내가 인물이 참 없었다고 한다. 엄마를 닮았는지 입이 약간 돌출되고―아니 그럼 개가 입이 돌출되지 들어간 입도 있나? 나참―아랫니는 뻐드렁 옥니여서 '싼티'와 '빈티'가 났다고 한다. 당시 찍어놓은 사진이 없으니 달리 확인할 길은 없다.

어쨌든 내가 우리 가족과 살게 되면서 인물이 훨 나아지고 이제는 꽃미남까지는 아니어도 근접한 수준까지 도달했다고 한다.

아파트 노인정 총무 할머니는 나를 볼 때마다 "새봄이는 인물이 자꾸 나네, 할머니하고 엄마가 그렇게 지극 정성이니 애가 확 달라지네" 하신다.

그런데 방울이 누나는 나와는 좀 다르다. 누나는 나이가 들어갈수록 점점 엄마를 닮아간다고 한다. 둘이 인상이 똑같다는 소리를 많이 듣는다. 사랑하는 부부는 닮은 사람이 많다는 것을 보면 틀린 말은 아닌 것 같다. 괴력을 만들어내고 생김새까지 변화시키는 사랑의 힘이란 게 정말 대단하지 않은가?

똥배 명예훼손

하루는 아빠가 회심의 미소를 지으며 엄마를 컴퓨터 앞으로 불렀다.

"이재숙! 이 사진 알지?"

"어머, 웬일이야? 이거 너무 흉칙하다! 아직도 갖고 있는 거야? 빨리 지워!"

아빠는 "그럴 순 없지" 하고 응수하신다.

"무슨 소리야? 나중에 수틀리면 인터넷에 올려버릴 거야!"

"올리기만 해봐, 명예훼손으로 걸 거야."

무슨 사진인지 상상이 되는지요?

우리 엄마는 언뜻 보면 키도 크고 날씬하다. 특히 얼굴이 마른 편이라 더 그렇게 보인다. 근데 엄마의 비밀은, 바로 문제의 똥배다. 세상 모든 아줌마들처럼 엄마도 늘 뱃살과 전쟁 중이다. 장난기 많은 엄마는 가끔 저녁에 똥배를 쥐고 흔들며 걱정을 늘어놓는다.

1 _ 못말리는 우리집

"여보! 솔아! 이 배 좀 봐. 큰일났네. 요즘 저녁마다 좀 먹어댔더니 너무 배가 무거워. 피자 반죽처럼 처졌잖아."

손으로 뱃살을 잡아보며 하는 말.

"이거 두께가 10센티미터는 되겠는걸. 큰일이야, 너무 흉해."

솔이 형이 끼어든다.

"엄마 회사 후배들은 이렇게 똥배가 나온지 아무도 모를걸? 알면 기절할 텐데……."

사태의 심각성을 간파한 아빠가 사이비 기자 정신을 발휘한다.

"대단하다. 이건 찍어놔야 돼. 비포before, 애프터after로 표시해두어야 관리가 수월하거든."

철없는 엄마는 뭐가 좋다는 건지 잘 찍히도록 포즈까지 제대로 잡는다. 아빠는 정면 사진, 측면 사진, 줌까지 당겨가며 꼼꼼하게 찍는다. 엄마는 디카에 찍힌 똥배 사진을 보고는 즐겁다며 킥킥 웃는다.

이렇게 해서 찍힌 사진이 장차 엄마의 발목을 어떻게 잡을지 상상조차 못 한 채 말이다. 철없는 부모님을 보니 갑자기 솔이 형이 안됐다는 생각까지 들었다.

한 통계 자료를 갖고 엄마가 말씀하셨다.

대한민국 남자는 70퍼센트가 자신이 잘생겼다고 생각하고, 여자는 70퍼센트가 자신이 뚱뚱하다고 생각한단다.

그래서일까. 여자들은 평생 살과의 전쟁을 한다지?

우리 중에도 체중 감량에 필사적으로 신경 쓰는 친구들이 많다. 개장수 아저씨들이 뚱뚱한 애들을 선호한다는 속설 때문에 그렇다.

엄마의 '말로만 다이어트'는 일 년 내내 계속된다.

차라리 다이어트 스트레스 받지 말고 맘 편히 먹으라는, 아빠의 말씀!

상처받은 엄마는 자기 비하에 빠져 나에게 진지하게 묻는다.

"새봄아! 이 에미 대학 졸업하고, 기자질도 독하게 하는데 다이어트는 왜 의지대로 안 될까? 너는 이 에미를 어떻게 생각하니? 바보 같냐? 말해봐! 맞으면 한번 짖어 봐! 응?"

'나도 뚱뚱한데 무슨 말을 하라는 건지…….'

나도 요즘 들어 살이 자꾸 찌는 것 같아 고민이다. 한때 방울이 누나를 비웃던 시절이 있었는데 말이다. 누나야 키라도 크지. 나는 땅딸막해서 구겨놓으면 축구공처럼 굴러갈 것 같다는 게 아빠의 말이다. 며칠 전 산책 중에 만난 덩치 큰 경비 아저씨가 내게 던진 말. "야~ 니 등짝이 나보다 더 넓네." 아유! 창피해 죽는 줄 알았다.

요즘 글쓰기에 열중하시는 엄마가 뜬금없이 나에게 물어본다.

"새봄아, 혹시 네 이야기 쓰고 네 얼굴 사진 찍어서 책 내면 너도 나한테 소송할 거냐? 초상권 침해에다 명예훼손 걸면 걸릴 수 있겠는데 말이야……. 아빠는 자식 팔아서 돈 벌려고 하는 비정한 엄마라고 그러는데, 넌 어떻게 생각해? 너도 그동안 먹어 치운 사료값이나 간식값은 해야 하지 않겠니?"

　　　　　　　　　　　　　　　　1 _ 못말리는 우리집

'엄마, 나 우습게 보시면 안 돼요. 이래 봬도 기자 집에서 다년간 보고 배운 풍월이 있는데요. 그러니 '미친넘'처럼 만들지 말고 잘 써주세요. 뉴스에 많이 나오던데요. 그런 거 있잖아요, 저작권·초상권침해, 불법유포행위, 정신적 피해보상 등등. 방울이 누나와 집단 소송까지 불사할 건데요. ㅎㅎㅎ.'

"야! 새봄! 회사에서 기사 데스크 볼 때 그런 거 걸릴까 봐 엄청 신경 쓰는데, 너까지 그럴 거야? 그래, 민·형사 다 걸어봐라. 그래 봤자 네 몸값이 개값 아니겠니? 왜 열 받냐? 새봄아!! 약 오르지, 약 오르지!!!"

돈 앞에 비정한 엄마! 아니, 저 아줌마, 우리 엄마 맞나요? 흑흑흑…….

엄마의 연말정산 ⭐

　엄마가 말공장(방송국)에 다니는 이상, 하기 싫어도 1년에 한 번 꼭 해야 하는 일이 연말정산이다.

　엄마는 숫자와 복잡한 건 아주 질색팔색하시는 귀차니스트. 그러니 대충 자동차 보험에다 카드 사용료, 현금 영수증 정도 처리하는 수준이지만, 그것도 아빠가 동원돼야 한다. 국세청 홈페이지 들어가서 프린트 하고, 제출 서류 파일에 정리해주고……. 솔직히 내가 봐도 어떻게 기자를 하는지 이해가 안 갈 때가 많다.

　연말정산 때마다 엄마가 제일 아쉬워하는 대목은 부양가족 공제이다.

　"아니, 자식같이 키우는 개들도 부양가족으로 공제해줘야 하는 거 아닌가? 우리 애들은 이름도 그냥 새봄이, 방울이가 아니라 김새봄, 김방울인데 말이야."

　　　　　　　　　　　　　　　　　　1 _ 못말리는 우리집

그러면서 논리정연한 솜씨로 정부를 맹비난한다. 엄마가 이제야 제대로 된 기자의 모습을 보이는 것 같아 뿌듯하다. 엄마의 의견에 적극 동의한다. 정부도 신중히 제도 개선을 검토해야 한다고 본견本犬은 생각한다.

엄마의 혁명적 발상에 "그래도 그건 너무 심한 거 아니야? 그럼 호적에 올려야 되잖아" 하며 아빠가 일축한다.

'거~참, 아빠 왜 초 치고 그래요. 좋기만 하구만'

"내가 세금 꼬박꼬박 낼 때 정부가 나한테 해준 게 뭔데? 아무것도 없잖아? 그러니까 내 말은, 개들을 호적에 올리는 게 국민 정서에 맞지 않으면 나름 표시를 하면 되잖아. '관계란'에 수놈은 견자犬子, 암놈은 견녀犬女라고 표시하는 거야, 어때? 그리고 사람과의 형평성을 생각해서 견자, 견녀는 50퍼센트만 공제해주는 거야. 어때, 합리적이지? 그러면 이 세상에 외롭게 떠돌아다니는 유기견들이 확 줄어들 거고 세금 공제받아 좋고 가족들 화목해지고…… 뭐가 문제야? 좀 세상을 바꾸는 긍정적인 생각을 해보라고."

이렇게 엄마가 열변을 토했다.

여기에 대한 아빠의 말씀!

"야, 진짜 그럼 개값 오르고 유기견 품절 사태 나겠다!"

와우, 우리 엄마 정말 대단하다. 어떻게 저런 생각을 다 할 수 있지? 훌륭하다. 훌륭해.

이재숙 기자, 파이팅!!

우리 엄마 귀는 팔랑귀. 누가 몸에 좋다고 하면 무조건 솔깃해서 주저 없이 사들인다. 각종 비타민, 영양제, 글루코사민, 안구 건조 예방약, 갱년기 완화제, 칼슘 보충제 등등.

그리고 아침마다 한 움큼씩 집어삼킨다. 운동이라고는 숨쉬기 운동밖에 안 하는데 과연 약발이 있을는지.

"제발, 온몸이 쑤신다고 하지 말고 좀 걷기라도 해라! 내가 늙어서 병수발까지 해야 쓰겠냐?"

아빠가 엄마랑 살면서 제일 많이 들어온 단어는 '아프다'라는 말.

"아유, 나는 왜 이렇게 움직이는 게 싫은지 모르겠어. 도대체 왜 결심이 안 서지?" 하는 엄마의 대답은 늘 똑같다.

그나마 우리와 산책하는 게 엄마의 유일한 운동이다. 이러니 아빠의 걱정이 클 수밖에 없다.

　사람이 늙어 죽을 때는 바로 깨끗하게 가줘야 한다는 게 아빠의 지론. 꼴까닥해서 보면 또 살아나서 꼴깍꼴깍하고…… 계속 갈 듯 말 듯 속 썩일까 봐 아빠는 걱정한다. 요샛말로 쿨~하게, 죽을 때도 한 방에 가주는 게 남은 사람에 대한 매너라는 거다.

　그러곤 쐐기를 박는다. "약 많이 먹으면 목숨이 질겨진다."

　참~나, 기가 막힌 내가 한마디 했다.

　"아빠, 너무하시네요. 빨리 죽으라는 소리예요? 할머니 들으시면 어쩌려고 그러세욧!"

　"잘 들어, 할머니하고 마누라는 다른 거야."

　엄마는 요즘 무슨 일을 하실라 치면 계속 뒷목이 아프다, 허리가 아프다, 엉덩이 꼬리뼈가 아프다, 무르팍이 쑤신다…… 온갖 아픈 부위를 다 등장시킨다.

　'엄마! 제발, 돌아가실 때 깨끗이 가주시지 않으실 거면 죄 없는 아빠 괴롭히지 마시고, 운동 열심히 해서 건강하게 오래오래 사세요.'

　　　오늘도 엄마는 아빠의 장수를 기원하고 있다. 지아비보다 더 오래 살 수는 없다고 한다. 열녀 났다고? 미안하지만 아니다. 아빠가 먼저 가버리면 떠맡아야 할 일이 너무 많다는 거다. 진정한 귀차니스트, 우리 엄마의 희망사항은 아빠보다 단 며칠 일찍 가는 것.

　사람들은 좋겠수다. 우리보다 오래들 살아서.

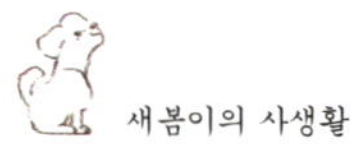

싸가지 있는 KBS 뉴스 속보 ⭐

솔이 형이 초등학교 6학년 때 있었던 일이다.

어느 토요일 낮 솔이 형이 방바닥을 뒹굴며 KBS의 배구 경기 중계를 한창 재미있게 보고 있었다. 그런데 갑자기 TV가 검은 화면(페이드아웃)으로 바뀌면서 산불 뉴스 속보가 나왔다.

배구에 몰입하여 즐기던 어린 시청자의 날카로운 지적이 엄마의 귀에 꽂혔다.

"아니, KBS는 왜 이리 싸가지가 없는 거야!! 배구 중계 하다가 자르고 뉴스 속보 내보내면 좀 미안하다고 말해야 하는 거 아냐? 예의가 없어요! 아침에도 그랬단 말이야."

그날은 두 차례나 산불 뉴스 속보가 있었던 것이다.

엄마는 솔이 형의 불평을 듣는 순간 웃음이 터지면서도 뒤통수를 한 대 맞은 느낌이었다. 물론 어린 시청자의 의견은 엄마를 통해 곧바로

1 _ 못말리는 우리집

보도국 높은 분의 귀에도 전달되었다.

높으신 분의 반응.

"아, 그거 말 되네, 미처 생각 못 했는데……."

이렇게 해서 시청자 의견 존중! 즉각 시정!

그 후로 KBS는 뉴스 속보를 예의 바르게 했다.

스포츠 중계 하다가 뉴스 속보가 들어가면 캐스터가 친절하게 미리 말해주는 것은 물론, "곧이어 KBS 뉴스 속보가 이어집니다"라는 자막이 화면 아래에 나오게 되었다. 한 스포츠광 어린이가 KBS를 예의 바른 방송으로 만든 것이다. 이 사실은 KBS 역사에 기록으로 남겨져야 한다고 본견本犬은 생각하는 바이다.

국민의 공영방송 KBS! 시청자를 우선시하는 KBS!! 홧팅!!!

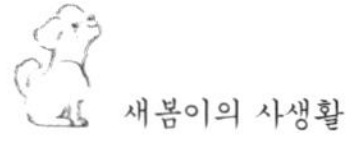

구수한 (?) 발꼬랑내

나와 방울이 누나는 밖에 나갔다 오면 물수건으로 발을 닦는다. 하루에도 네댓 번은 놀러 나가니 매번 온몸을 씻기엔 공사가 너무 크다.

동물병원에 가면 강쥐 신발을 팔고 있지만 건강에 안 좋을뿐더러 신었다 벗었다 하는 것도 장난이 아니어서 우리는 맨발로 다닌다.

엄마는 예민한 누나를 드러눕히고 발가락 사이의 때를 닦아주는데 참을성이 부족한 누나는 이빨을 드러내고 으르렁거리며 무섭게 인상을 쓸 때가 많다.

"괜찮다니까요, 으르릉~ 내가 혀로 핥으면 된다니까 그러시네, 으르렁~."

그래서 엄마는 한 손으로는 누나가 좋아하는 배를 문질러주면서 다른 한 손으로는 물수건을 쥐고 발을 닦아준다.

몸의 끝부분을 만지는 걸 싫어하는 것은 강쥐들의 본능이다. 물론

효자인 나는 돌잡이 아기처럼 얌전히 엄마 품에 안겨 미션을 수행한다. 꾹 참고 절대 찡얼거리지 않아야 누나보다 더 사랑을 받을 수 있으니까.

사실 나 같은 유기 강쥐들은 보통 애들보다 애교가 많다. 또 버림받지 않기 위한 생존 전략인데 우리 마음 저 밑바닥에 숨어 있는 이 불안감은 좀처럼 떨쳐버리기 어렵다.

아이, 참! 이야기가 삼천포로 빠져버릴 뻔했네.

부끄럽지만 강쥐들도 발꼬랑내가 난다. 그러나 여러분의 발꼬랑내는 약간 고약한 반면 우리 강쥐들은 어떤 면에선 구수한 내가 난다. 이건 정말 맡아본 사람만이 알 수 있다. 여기에 중독성까지 있는지 일부 사람들은 일부러 킁킁거리면서 맡기도 하며 이 향기를 잊지 못하기까지 한다. 우리 할머니와 엄마가 바로 그런 분이다. 여러분도 한번 맡아보시길. 그러나 모든 사람이 우리 할머니, 엄마 같을지는 장담 못 하겠다.

여하튼 강쥐 발가락 사이에는 털이 있어서 여름에는 내음이 더 진해지고, 심지어 습진까지 걸리기도 한다. 한때 누나는 습진 때문에 한 달이나 개고생을 한 적이 있다. '무좀은 아니에요, ㅋㅋㅋ.'

엄마와 할머니가 '열씨미' 닦아줘도 며칠 지나면 정겨운 꼬랑내가 솔솔 올라온다.

"나는 세상에서 제일 예쁜 방울이와
새봄이 발꼬랑내가 얼마나 구수한지 모르겠다."

까칠 청년 솔이 형은 가끔 발 냄새가 난다며 우리를 구박한다. 이럴 때 나도 속으로 한마디 한다. '너의 퀴퀴한 땀 냄새보다는 나을걸.'

그러나 할머니의 사랑은 보통 사람의 상식을 초월한다. 역시 할머니는 내 편이다. "나는 세상에서 제일 예쁜 방울이와 새봄이 발꼬랑내가 얼마나 구수한지 모르겠다" 하시면서 우리 발을 코에 갖다 대고, "어이구, 구수해, 맛 좋은 고기 냄새 나네" 하며 흡족하게 미소를 지으신다.

'역시 우리 할매가 짱이에요!! 근데 할머니! 고기 냄새라니요? 설마 보신탕 생각하시는 거는 아니죠? 무서워요! 흑흑흑!!!'

엄마가 언제부터인지 갑자기 절을 하기 시작했다.

아빠 방을 향해서 아침저녁으로 두 번씩 삼배하시더니, 할머니 방과 솔이 형 방을 향해서도 똑같이 그러셨다. 심지어 아빠에게 삼배를 하면 당황한 아빠도 맞절을 하시는 게 아닌가?

엄마의 '이상 행동'에 대해 궁금한 건 당연지사!

"솔아, 부처님한테 너는 고3이니까 공부 잘되게 해달라고, 아빠는 하시는 일이 잘돼서 돈 벼락 맞게 해달라고 그러는 거야."

그리고 "할머니는 건강하게 오래 사시라고 그러는 거니까 할머니한텐 비밀로 해" 하며 입단속을 시켰다.

장난기 많고 짓궂은 우리 엄마는 솔이 형이 식탁에서 밥 먹고 있으면 거기에다 절을 하고, 아빠가 컴퓨터를 하고 있으면 책상에다, 어떤 때는 소파에다가, 어떤 때는 텔레비전 쪽으로…… ㅋㅋㅋ.

방석을 이리저리 들고 다니며 절을 하는 엄마의 모습은 '황당' '가관' 시추에이션!!

물론 아침 출근 시간에 바쁘거나 저녁에 피곤할 때는 빼먹기도 했다. 불심佛心이 팥죽 끓듯이 끓어오를 때면 절하는 횟수도 올라갔다.

엄마는 부처님을 생각하면서 절을 하면 짧은 시간이지만 착한 마음이 깃든다고 하셨다.

'아무리 미운 시어머니라도 절을 하면서 욕할 수는 없잖아요? ㅋㅋㅋ.'

내가 보기에 엄마의 '절하기'를 가족들은 내심 좋아하는 눈치다. 잘되길 빌어주는 걸 싫어할 사람이 세상에 어디 있을까? 게다가 공짜인데, ㅋㅋㅋ.

그러나 '이번엔 얼마나 가겠냐' 하며 회의적이기도 했다.

우리 엄마를 '착한 마음 심기'에 나서게 한 것은 한 스님의 말씀!

엄마가 가물에 콩 나듯 한 번씩 찾는 도봉산 근처의 작은 절이 있다. 한번은 그 절 스님께 직장 생활의 고충을 털어놓으면서 때려 치우고 싶은 심정이라고 말씀드렸다. 그러자 스님께서는 엄마가 집에서 편히 놀고먹을 팔자는 절대 안 되고, 직장 생활이 어려울 수밖에 없다고 말씀하셨다 한다. 이유인즉 전생에 지은 죄가 너무 많기 때문에.

스님께선 어려운 직장 생활은 죄를 씻는 과정의 하나이므로 힘들더라도 참고 고충을 긍정적으로 받아들여야 하며 착한 일을 많이 해서 공덕을 쌓아야 한다는 가르침을 엄마에게 주셨다.

'근데 엄마가 전생에 괴롭힌 사람이 누구라고 하셨는지 아세요?'

아빠, 할머니, 솔이 형은 물론이고 심지어 나와 방울이 누나도 피해 자라고 하셨다는군요.

엄마는 무슨 잘못을 그렇게 많이 저지르셨는지?

믿거나 말거나 하고 웃어버릴 수도 있지만 엄마에게는 '갚아야 할 무거움'으로 마음에 들어왔다고 한다. 그래서 엄마는 돈을 '열씨미' 벌어 우리에게 맛있는 거 사주고 사랑해주면 전생의 빚을 갚을 수 있을 거라고 생각한다. 또한 빨리 전생 빚을 청산하려고 절을 하게 됐다는 거다.

그러던 어느 날, 엄마가 갑자기 방석을 갖고 오더니 나와 누나에게도 삼배를 하시는 게 아닌가? 그러면서 "개 보살님들! 세상 만물에 부처의 마음이 들어 있다고 하네요. 우리 개 보살님들도 제게는 부처님들이십니다"라며 깍듯이 존대하셨다.

"개 보살님! 오늘따라 더 예뻐 보이시네요. 부처님이 새봄이 예쁜 눈에 들어 있나, 똥꼬에 들어 있나? 뚱보 방울이는 부처님이 배 속에 들어 있나? 사랑해요, 개 보살님들!! 우리 개 보살님!!" 하며 쫓아다니고 뽀뽀를 했다.

이런 엄마를 보더니 아빠는 한술 더 떠서 나와 누나에게 염주를 걸어주시기까지 했다.

"너희도 불심을 키우거라."

저희는 무거운 '불심 목걸이'를 빼려고 이리저리 목을 흔들어대며 생고생했답니다.

   1 _ 못말리는 우리집

‘부처님!! 이게 부처님의 뜻인가요? 제 머리로는 이해가 안 간답니다. 부처님!! 부처님!! 민원이 있사옵니다. 엄마가 요즘은 왜 절을 안 하실까요? 벌써 전생 빚을 다 청산하신 건가요? 엄마의 냄비 불심佛心을 무쇠솥 불심으로 이끌어주옵소서. 나무관세음보살!! 나무관세음보살!! 멍멍!!!’

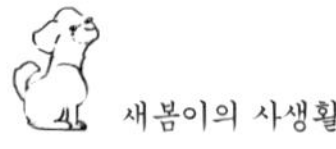

엄마는 홈쇼핑 중독자 ⭐

여자들이 대부분 그렇듯 우리 엄마도 제일 좋아하는 게 쇼핑이다. 사고 싶은 물건을 사면 스트레스가 확 날아간다네요.

엄마는 평소 갖고 싶었는데 돈이 아까워 사지 못하고 그냥 집에 돌아온 날이면, 잠자리에서까지 낮에 보았던 그 물건이 머릿속에 둥둥 떠다니기도 하신단다. 그래서 허튼 돈 안 쓰려면 안 보는 게 정답이라고 하는데, 그게 어디 뜻대로 되는지?

엄마가 편집부 기자였을 때는 시차제 근무를 했기 때문에 시간적 여유가 있었다. 어느 날 TV 홈쇼핑이란 걸 보더니 홀딱 빠져서 물건이 너무 싸고 좋다며 흥분하기 시작했다.

연예인들이 많이 쓴다는 화장품! 품절될까 봐 걱정하는 엄마의 성화에 첫 주문은 아빠가 친절 서비스! 이성적인 아빠는 똑같은 물건이 인터넷에도 널려 있으니 급하게 사지 말고 한 번 더 생각해보고 주문하

라며 설득했고, 엄마는 후일을 위해 전략상 적극 동의를 했다.

TV 홈쇼핑 첫 구매 이후 엄마는 이 쇼핑의 즐거움에 푹 빠져들었다. 그런데 이미 구매한 물건인데도 또다시 방송을 보는 게 아닌가? 잘 샀는지, 혹시 내가 비싸게 산 것은 아닐까, 확인하고 싶은 심리란다. '참 희한하죠?'

여러 채널을 돌려가며 열심히 시청할 때마다 '갖고 싶은 좋은 물건'의 주문이 계속 늘어만 갔다. 물론 구매 대행인은 아빠!

양면 프라이팬, 음식 진공 포장기, 각종 기능성 화장품, 만능 찜기, 머리 인두, 가죽 재킷, 청국장·야쿠르트 제조기, 씨앗채소 재배기를 비롯해 갈비탕, 육개장, LA갈비, 간고등어, 전복까지 장르도 다양화되었다.

할머니는 물건을 써보고는 노인정에 가서 어떤 물건 좋더라며 자랑하시고, 엄마는 회사 동료들에게 싸고 좋다며 홍보에 열을 올리셨다. 그래서 아빠가 동네 할머니와 엄마 회사 동료의 주문 서비스를 대행해주는 경지에까지 이르기도 했다. 지금은 쳐다보지도 않는 애물단지가 된 물건들도 적지 않지만, 처음에는 '열씨미' 쓰고 좋은 말만 하는 게 인지상정이다.

그러던 어느 날 엄마가 감기 몸살이 심해서 이틀 정도 출근을 못 한 적이 있다. 이때 아빠가 묘약을 하나 내놓았다.

"이재숙, 사고 싶은 거 있으면 하나 사지 그래? 스트레스 확 풀리면 감기 금방 떨어질 거야."

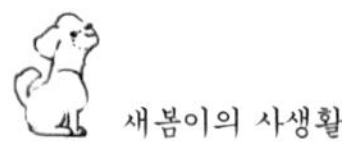

다 죽어간다며 싸매고 드러누웠던 엄마는 민망한 듯 "진짜야, 그래도 돼?" 했다. 아빠는 7만 원 내에서 사라고 한도를 제시했다. 평소 홈쇼핑에서 봐두었다가 아빠의 눈치를 살피던 직화구이 오븐 냄비! 물론 앉은 자리에서 주문을 했고 그 약발이 얼마나 대단했던지 엄마는 다음 날 거뜬히 일어나 출근했다.

아마 주문과 동시에 엔도르핀이 팍!팍! 나온 게 아닐까?

한동안 홈쇼핑과 인터넷 쇼핑에 푹 빠져 쌓여만 가는 물건을 보면서 "나 중독인가 봐" 하던 엄마가 하루는 혼자 자아비판을 하더니 눈 딱 감고 홈쇼핑을 멀리했다.

'얼마나 다행입니까?'

안 그랬으면 우리 집 거덜 났을지도 모른다. 집이 좁아서 물건 둘 데도 없고, 그나마 알뜰한 아빠가 주문 때마다 '쿠폰 신공'을 발휘해서 비싸게 사지는 않았을 거다.

엄마는 직장을 핑계로 살림을 제대로 안 하다 보니 아무 생각 없이 그냥 사고 싶다며 '묻지 마 구매'를 할 때가 적지 않다.

이럴 때 나오는 아빠의 간곡한 조언!

"이재숙, 물건은 절대 안 떨어지니까 걱정 말고 꼭 필요한지, 자주 써먹을 것 같은지 한 번 더 생각해봐."

요즘엔 쇼핑 좋아하는 남자들도 많다고 한다.

'아! 맞아요, 솔이 형도 엄마 닮아서 슬금슬금 뭐를 잘 사다 나르는

1_ 못말리는 우리집

것 같더라고요. 우리 할머니가 그러시는데 이 세상에서 제일 좋은 재미가 돈 쓰는 재미래요.'

핑계 없는 무덤 없다고 엄마의 강변 한번 들어보시려는지?

"새봄아, 네가 경제를 몰라서 그러는데 경제가 살려면 내수가 잘 돌아가야 해. 너무 소비가 침체되면 경제가 안 살아난다니까. 그러니까 엄마 몸값만큼 적당히 써줘야줘~~ 알았지?"

하지만, 엄마! 그거는 '있는' 사람들한테 해당되는 거 아니에요?

"우리 할머니가 그러시는데
이 세상에서 제일 좋은 재미가 돈 쓰는 재미래요."

나의 패륜 사건 ⭐

늘 '개 자식' 사랑을 입에 달고 사는 우리 엄마는 가끔 '무자식'에 개만 키우고 사는 사람으로 오해를 받는다. 그렇게 끔찍이 누나와 나를 사랑하는 엄마와 아빠에게 잊지 못할 상처를 안겨준 사건이 있었다. 지금 생각해봐도 어떻게 그런 패륜을 저질렀는지 나 자신을 도무지 이해할 수가 없다.

뉴스에서 패륜아들을 보게 되면 혀를 찼던 내가 바로 그런 주인공이 되다니 미치지 않고서야 그럴 수 없는 일이었다.

사건이 벌어진 그날 밤 !

엄마가 나의 앞발 안쪽에 털이 엉켜 잘라내야 한다며 가위를 들고 문제의 털을 자르려는 찰나였다. 그 순간 나는 으르렁 소리와 함께 엄마의 얼굴을 덮쳤고, 나의 이빨과 엄마의 이가 맞부딪치는 소리가 내 귀에 생생히 들려왔다.

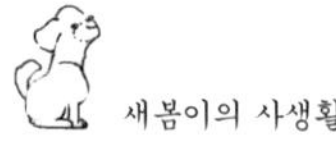

갑자기 터져 나온 엄마의 비명!

엄마는 손으로 입을 감싸고 있었고 식구들은 방에서 놀라 뛰쳐나왔다.

놀란 엄마의 울음 섞인 목소리!

"애가 내 입을 문 거 같아, 어떡해?"

그 순간 입을 감싼 손가락 사이로 핏방울이 뚝뚝 떨어졌다. 피를 본 엄마의 얼굴은 사색이 되었고 목소리는 격앙되었다.

나의 어처구니없는 행동에 나 자신도 어찌할 바를 몰라 사시나무 떨 듯 떨었다. 엄마의 오른쪽 윗입술은 찢어져 있었고 순식간에 퉁퉁 부어올라 마치 권투 시합에서 두들겨 맞은 복서마냥 몰골이 말이 아니었다. 일단 응급조치를 한 아빠는, 밤이 늦었으니 병원은 내일 상태를 본 후에 가자고 결론을 내렸다.

화가 난 엄마는 흉터가 남으면 어떡하냐, 이넘이 미쳤다며 한 대 때렸고 아빠도 배은망덕한 넘이라고 나를 혼내셨다.

흠씬 두들겨 맞고 싶었다. 나 같은 놈, 맞아도 싸다.

그나마 할머니는 엄마의 부상보다 두려움에 떨고 있는 내가 불쌍해 보였는지 눈치 없이 나를 감싸는 말을 하시다가 오히려 엄마한테 한 소리 들으셨다. 나와 누나는 평소 엄마 옆에서 잠을 자는데 그날 밤은 엄마의 어떤 불호령이 떨어질지 몰라 할머니 곁으로 피신하여 자는 둥 마는 둥 불안한 밤을 보냈다.

엄마는 그 몰골로 회사에 갈 걱정이 태산 같았다. 몰골도 몰골이지만 허구한 날 '개 자식' 자랑만 하고 다닌 처지에 차마 '우리 자식 놈

한테 물렸다'고 실토하기엔 자존심 상하고 또 얼마나 창피하겠는가.

다음 날, 엄마는 퉁퉁 부은 입에 반창고를 붙인 채로 출근했다. 같은 부서 사람들에게는 차마 사실대로 말을 못 하고 강쥐 끌고 나갔다가 넘어져서 다쳤다고 거짓말할 수밖에 없었다. 그런데 개 키우는 한 여자 선배가 한 방에 진실을 간파하고는 혹시 흉터 남을지 모르니 빨리 병원에 가보라고 했다. 부랴부랴 평소 알고 지내는 피부과 선생님을 찾아간 엄마는 두 시간이 넘도록 치료를 받았고, 그 후에도 2주 이상 병원을 다닌 끝에 모든 게 잘 마무리되었다.

병원을 다니는 동안 가족들은 왜 내가 패륜을 저질렀는지 심리 분석과 행적 조사를 벌였다. 목격자 증언에 따르면 사고 바로 전날, 할머니가 내 몰골이 너무 덥수룩하다며 가위로 털을 다듬어주다가 베일 뻔한 일 있었던 것!

신경이 예민해 있던 내가 엄마가 들고 있던 가위에 과잉 대응을 했던 것으로 분석되면서 '한밤의 유혈 사태'는 나에 대한 무죄 판정과 함께 할머니가 원인 제공자로 종결되었다. 내가 보기엔 무죄로 결론을 내놓고 벌인 짜맞추기 수사였다. 자식을 전과자로 만들 수는 없었을 것이다. 엄한 할머니가 독박을 썼다.

엄마는 나의 마음을 미처 몰랐다며 오히려 머리를 쓰다듬고 화해를 청해왔다. 나도 곧바로 화답했다. 순간 그날 한 대 맞은 것이 떠올라 울컥하기도 했으나 참기로 했다.

'발라당 누워' 복종을 표시하고 꼬리를 세게 흔들며 다시 한 번 내 사랑을 확인시켜드렸다.

사실 우리 집 1차 유혈 사태는 누나가 먼저 저질렀다.

방울이 누나는 목욕을 아주 싫어한다. 그런 성질을 감안해 빨리빨리 씻기는 게 상책! 그런데 꼼꼼한 우리 아빠가 온몸을 샴푸로 너무 오랫동안 씻기니 짜증이 난 누나가 아빠 손가락을 콱 물어버린 것이다.

방울이 누나는 나하곤 틀리다. 몸집도 커서 성질 한번 부리면 정말 무섭다. 물론 누나 입장에서는 물기 전에 으르렁거리며 몇 번의 경고를 보냈다고 항변할 테지만, 그건 변명이 안 된다.

그 당시의 회고에 따르면, 아빠는 물린 손가락 위를 감싸쥐고 있던 다른 손을 펴면 잘린 손가락 한 마디가 나올 것 같아 피가 줄줄 흐르는데도 차마 떼지 못하고 두려움에 벌벌 떨며 한참 서 계셨다고 한다.

그 후 우리 둘의 목욕 담당은 즉각 엄마로 교체되었다. 엄마는 허리 상태가 안 좋아 아빠가 담당해왔지만 대안이 없었다.

두 사건을 겪으면서 엄마 아빠가 내린 냉정한 결론은 이렇다.

"우리끼리 얘기지만 아무리 예쁜 짓을 해도 개는 개다. 우리가 조심할 수밖에 없다."

솔이 형의 결론은 우리 남매 가슴에 대못을 박았다.

1_ 못말리는 우리집

“쟤들 잡종이라 그래.”

어쨌든 그 뒤로 우리 집에 더 이상의 불상사는 일어나지 않았다. 하지만 엄마 아빠를 비롯해 우리 가족 모두에게는 잊지 못할 굴욕의 사건임에는 틀림없다.

엄마, 아빠! 정말 죄송해요. 한번 이성을 잃으면 눈에 뵈는 게 없나 봐요. 그래서 예전에 담벼락이나 대문 앞에 빨간 페인트로 ‘개조심’이라고 쓴 문구가 많았나 봐요, 흑흑흑.

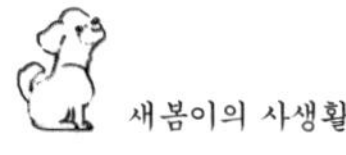

매일 엎 짓는 엄마 ⭐

엄마의 퇴근길! '자동빵'으로 항상 집으로 전화가 걸려온다.

회사에서 스트레스를 많이 받은 날은 아빠에게 하는 일일 '정보 보고'가 차에 시동을 거는 순간부터 시작된다.

일단 엄마 부서에서 취재 방송된 9시 뉴스에 대한 시청자 의견 청취!

"○○○ 기자 리포트는 어땠어? 또 ○○○ 기자 거는? M본부보다 잘했어? S본부랑 비교하면? 화면은? 인터뷰는 누구 게 나아?"

미주알고주알 아빠를 범죄자 다루듯이 온갖 것을 심문한다.

식당 개 3년이면 라면을 삶는다고 아빠도 엄마와 20년 정도 살다 보니 반은 기자가 다 됐다. 제대로 모니터를 안 하면 엄마한테 개 박살(?) 나기 때문이다.

그다음 2라운드는 엄마의 하소연으로 이어진다.

어쩌구저쩌구…… 우여곡절 끝에 겨우 제대로 방송이 나갔다는 푸념 뒤에 항상 하는 레퍼토리가 있다.

"오늘도 화를 안 내려고 했는데, 또…….”

후회를 토해낸다.

이럴 때마다 아빠의 준엄한 설교가 시작된다.!!

평소 존경하는 부처님이 등장하신다.

"이재숙! 오늘도 또 업을 지었구먼. 누구에게나 화내지 말라고 그렇게 애기를 했는데……. 아무리 뉴스가 잘 나가면 뭐 하나. 화를 내면 모든 공덕이 도루묵 되는 거야.”

불교에서는 삼독三毒을 버리면 깨달음에 도달하여 부처가 될 수 있다고 한다. 인생을 망치는 삼독이란 '탐, 진, 치' 즉, '탐욕, 성냄, 어리석음'을 말한다. 삼독이란 게 악업을 짓는 근본 뿌리이며, 그중에서도 '성냄'이 가장 해롭고 큰 악업을 짓는다고 한다.

아빠 말씀이, 화내는 것만이라도 줄일 수 있으면 훨씬 행복한 삶을 살 수 있다고 한다. 아빠가 엄마에게 알려주는 요령은 간단하다.

"화나는 일이 생기면 일단 아무 말도 하지 마라.”

아빠는 화 안 내냐고요? 말이 그렇다는 거죠. 그게 쉽나요. 아빠는 어린아이 다루듯 엄마를 어르기도 하고 달래기도 한다. 엄마는 가끔 정상 참작을 해달라며 이런저런 궁색한 이유를 내세우지만 무용지물이다.

다음 날, 화내고 후회하기를 반복하는 엄마는 오늘은 업을 짓지 말

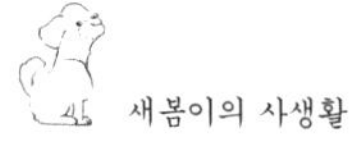

자며 '착한 결심' 챙겨넣고 출근! 책상 위 노트북에 혼자만 알아보도
록 붙여놓고 실천을 다짐한다는데.

아뿔싸! 어느새 '착한 결심'은 마음의 집을 나가 가출해버리고…….
그리고 집에 와서는 속상해하고……. 나는 후회하는 엄마의 모습을 수
도 없이 많이 봐왔다. 엄마 때문에 이 축생 새봄이에게까지 번뇌가 쌓
인다.

부처님! 매일매일 업을 짓는 성질 더러운 중생을 어찌해야 하오리까?
차마 패지도 못하고 말입니다. 저의 수득기로 물어줄까요, 부처님?

나무관세음보살!! 나무관세음보살!!

엄마! 제발 부탁이에요. 자꾸 죄를 지으면 다음 생에 뭐로 태어나는
지 아시죠?

(…….)

뭐라구요? 너나 잘하라구요?

엄마 또 화내려고 그러죠?

에구, 무서워!!~~ 깨갱깨갱…….

죽었다 깨어나도 ★

가끔 아빠는 엄마에게 무지 냉정할 때가 있다.

운동을 싫어하는 엄마가 모처럼 아빠의 꼬임에 빠져 운동을 나갔다가 돌아오는 길이었다. 이때 어디에선가 나타나 걸어가고 있는 검은 정장 차림의 '날씬녀!' 일순 공기의 흐름이 멈칫하며 팽팽한 긴장감이 돌았다. '올챙이 몸매'의 엄마가 그녀의 위아래를 한 번 훑었다.

"어머! 저 여자처럼 날씬해봤으면 평생 소원이 없겠네. 운동하면 그렇게 될까" 하며 아빠의 얼굴을 빤히 쳐다보았다.

그러나 엄마의 기대는 한 방에 개 무시되었다.

"비교 대상이 아니야. 죽었다 깨나도 안 돼! 견적이 안 나와"라며 아빠는 딱 잘라버리는 것이었다.

아빠의 격려를 기대했다가 졸지에 '날씬녀' 때문에 상처받은 엄마의 반격, "아니, 저 여자 얼굴은 보지도 않고 몸매만 얘기하는데 무슨

견적이야?” 하고 쏘아붙인다.

아빠는 냉정하다 못해 이번엔 잔인해지는데.

“누가 얼굴 애기 하나? 운동으로는 따라갈 수 없는 몸매야. 천상 견적을 뽑아봐야 하는데. 저 여자처럼 늘씬하게 만들려면 여기저기 살을 잘라서 늘리고, 이리 붙이고 저리 붙이고……”

간이 배 밖으로 나오지 않고서야 어찌 저런 말씀을…….

하도 어처구니없어서 엄마가 집어 던진 말.

“그 망할 ×는 왜 하필 그때 지나가는 거야?”

‘아빠! 우리끼리 애긴데요, 엄마 몸매는 포기하고 얼굴만이라도…… 안 되겠어요? ㅋㅋㅋ. 쉿!! 이건 비밀이에요. 엄마가 아시면 저 맞아 죽거든요.’

저 새봄이가 아줌마들에게 궁금한 게 있어요. 여자들은 나이를 먹어도 달라지는 게 없나 봐요? 공자가 그랬나? 맹자가 그랬나? 나이 오십이면 지천명知天命이라고 하던데…… 우리 엄마는 뭘 알고 계신지…….

그만하자. 내가 매를 버는구나, 매를 벌어.

1 _ 못말리는 우리집

말하는 개 ⭐

엄마는 항상 우리와 텔레파시 통하는 거 보면 놀랍다고 한다.

예를 들면 엄마가 '슬슬 밖에 나가볼까' 하고 마음속으로 생각한 그 순간, 우리 남매가 귀신같이 알아채고 좋아서 껑충껑충 뛰며 난리법석을 떠는 경우가 그렇다. 또한 눈빛만 봐도 척 우리가 뭘 원하는지 다 알 수 있다고 한다. 아무리 그렇다 하더라도 우리가 사람 말을 못 하니 완벽한 소통은 불가능하다.

똑똑한 개들은 사람의 언어 200개까지 알아듣는다고 하는데 그 기준으로 치면 누나와 나는 '돌팍'에 가까운 것이다. 그러나 돌팍이면 어떤가? 맘 편히 배부른 돌팍으로 오래 사는 게 오히려 낫다. 내가 똑똑했어 봐라. 엄마 아빠 요구만 많아지고 엄청 시달림당하고 살았을 거다.

엄마의 검증에 따르면 우리 남매가 알아듣는 단어는 50개 정도인 것 같다고 한다. 맘마 먹자, 냠냠 아저씨, 복분자, 커피, 물 먹어, 쉬해! 끙

새봄이의 사생활

가하자, 똥눠, 어야 가자, 집에 가자, 빨리 와, 안 돼! 끝이야, 맴매! 뜨거워, 차 온다 위험해, 저리 비켜, 앉아, 드러누워, 친구들이다, 야옹이다 등등. 엄마가 자식사랑에 눈멀어 우리 지능을 부풀려 말하시는 건 아닌지.

하루는 엄마 아빠가 TV에서 예의 똑똑한 친구들을 보시더니 얼토당토않은 상상의 나래를 활짝 펼치기 시작했다.

"개들이 말할 수 있으면 어떻게 될까? 그렇다면 짧은 단어일 텐데 뭐가 가능할까" 하고 엄마가 호기심을 꺼내놓았다.

"그래, 말끝마다 '왜요?' 하고 되물으면 진짜 골 때릴 거야" 하며 아빠가 바로 실전에 들어간다.

엄마가 "새봄아, 이리 와봐" 하자, "왜요?" 하고 아빠가 내 대역을 한다.

"맘마 먹고 목욕하자."

"왜요?"

"지지가 많으니까."

"왜요?"

"너 자꾸 '왜요, 왜요' 할래, 성질나게!"

"왜요?"

두 분이 낄낄대더니 엄마가 한 발 더 나아갔다.

"아예 사람처럼 모든 말을 할 수 있으면 어떻게 될까?"

"너무 개판되지 않겠어? 지들끼리 모이면 얼마나 시끄럽겠어."

1 _ 못말리는 우리집

"방울아,
설거지 다 하고 커피 한잔 부탁해."

엄마 말처럼 된다면 강쥐 친구들의 대화는 이쯤 되지 않을까?

"어이 잘 지냈어? 요즘 너네 주인은 잘해주냐?"

"개뿔 잘해주긴. 내가 죽지 못해 산다. 너 잘해 임마, 니 엄마 같은 사람 없어."

"그렇긴 하지. 잔소리가 심한 게 흠이지만 말이야."

"어라 못 보던 옷이네?"

"어, 겨울 옷 하나 장만했어."

"젠장, 우리 집은 얼마나 야박한지, 겨울에 맨살로 다니려니 추워 미치겠다."

"야, 조용해라. 저기 너네 주인 온다."

낄낄대던 엄마 아빠, 결론은 이렇게 내려졌다.

"사람만으로도 시끄럽고 탈 많은 세상인데 애들까지 떠들어대면 같이 살 수 있겠어? 서로 얼마나 험담하고 싸우겠냐. 정말 말 못하는 게 다행이야."

또한 우리는 죄 많은 축생이기 때문에 '묵언 수행'을 해야 한다고 아빠가 덧붙이셨다.

우리를 늘 사람 취급 하는 엄마는 이제 '말놀이'가 끝나는가 싶더니 "애들이 집안일도 해주면 얼마나 좋을까? 진짜 좋겠다" 하시는 게 아닌가.

1 _ 못말리는 우리집

맞벌이 엄마의 고충을 이해 못 하는 거는 아니지만…… ㅜㅜㅜㅜ.

"방울아, 설거지 좀 해라, 엄마 뉴스 봐야 돼."

"새봄아, 오늘 세탁기 돌렸니?"

"새봄아 방울아, 둘이 시장에 가서 장도 좀 봐올래?"

"방울아, 설거지 다 하고 커피 한잔 부탁해."

"미안해, 엄마 내일 또 출근해야 되잖아."

"구시렁대지 마! 너희들 하는 게 뭐 있어. 밥값은 해야지!"

우리가 앞치마 두르고 집안일하는 모습이 눈에 선하다며 엄마는 깔깔 웃으신다. 나는 몰라도 방울이 누나 앞치마 두른 모습은 정말 잘 어울릴 것 같다. 엄마는 우리가 집안일만 척척 해주면 한 열 놈 정도는 키울 수 있을 거 같다고 한다. 그러면 진짜 우리 집 개판 될 거 같은데, ㅋㅋㅋ.

아빠 왈.

"그렇게 부려먹으면 애들이 집에 붙어 있겠냐. 다 뛰쳐나가고 말지."

모르고 먹으면 약?

내가 입양되기 오래전의 얘기다.

9시 뉴스 편집부에서 일하던 시절, 엄마는 오후 2시에 출근해서 9시 뉴스가 마무리는 되는 밤 10시까지 일하는 '시차제 근무'를 했다. 엄마에겐 실로 오랜만에 달콤한 오전 시간이 주어졌다. 별것 아니지만 엄마는 뭔가 의미 있는 일도 하고 삶의 여유를 찾아보자는 야심찬 계획에 부풀었다.

매일 아침 '사랑 덩어리' 방울이 누나를 데리고 산책을 나갔다. 들고 간 비닐봉지에 아파트 화단에 지천으로 돋아난 '돌나물'을 뜯어 오면, 할머니께서는 초고추장을 뿌려 드시거나 샐러드로 만들어 맛있게 드셨다.

"에미 덕에 내가 호강하네" 하시면서.

또 가끔은 쑥을 뜯어 오기도 했는데 그럴 때면 구수한 된장 쑥국이

 1 _ 못말리는 우리집

화단에 곱게 핀 철쭉꽃이 이 여사의 눈을 사로잡았다.

올라오기도 했다.

“이게 얼마 만인가? 나와 보라고 해. 도심에서 나물 뜯는 이 여유를 즐기면서 행복해하는 사람이 나 말고 또 있겠어?”

울엄마 이재숙 여사는 조그만 일에도 흠뻑 도취되어 즐거워하는 그런 사람이었다.

따사로운 봄 햇살을 맞으며 방울이 누나에게 이것저것 설명하면서 룰루랄라 다녔다니, 아마 모르는 사람들이 봤다면 “쯧쯧…… 행색은 멀쩡한데……” 하고 살짝 맛이 간 여자로 생각했을 것이다. 머리에 들꽃이라도 한 송이 꽂았더라면 대박이었을 텐데.

지금도 엄마는 집에서나 산책 나가서나 우리는 물론 동네 개나 고양이 모두에게 계속 말을 걸어댄다. 아빠는 그게 민망하고 창피하신지, 연신 “고마 해라, 고마 해” 하신다.

어느 날이었다.

화단에 곱게 핀 철쭉꽃이 이 여사의 눈을 사로잡았다.

“아! 텔레비전에서 곱게 부친 화전 봤는데 나도 한번 해볼까? 어머니가 좋아하실 것 같은데.”

생각이 꽂히면 바로 실행 모드로 돌입하는 우리 엄마. 진홍색의 철쭉꽃을 따서 비닐봉지에 넣고는 부랴부랴 집에 와서 정성껏 화전을 예쁘게 부쳤다. 마침 집에 있던 아빠, 할머니와 함께 세 식구는 서로 더 먹으라며 양보하는 아름다운 가족애를 연출하며 맛있게 먹었고, 엄마는 ‘창조적 요리’ 실력을 치하 받았다.

　　　　　　　　　　　　1_못말리는 우리집

오후에 회사에 출근한 엄마는 철쭉꽃 화전 얘기를 자랑스럽게 늘어놓았다.

순간 긴박하게 들리는 목소리!

"선배, 안 돼요! 진달래꽃은 먹어도 되는데 철쭉꽃은 먹으면 큰일 나요! 먹는 거 아니에요."

"왜 안 돼?" 놀란 엄마의 입에서 짧은 한마디가 튀어나왔다.

"독성이 있대요! 많이 먹었어요? 처음 먹은 거죠?"

순간 할머니의 얼굴이 떠올랐다.

'괜찮겠지?' 하면서도 엄마는 불안감에 집으로 전화를 했다. 시치미 뚝 떼고 딴소리만 실컷 하면서 동태를 살폈는데, 다행스럽게도 불상사는 일어나지 않았다.

밤에 퇴근 후, 엄마는 아빠에게만 살짝 사실을 털어놓았다. 그러면서 한 가지 협박을 달았다는데.

"나한테 잘해라. 안 그러면 당신 엄마한테 매일 철쭉꽃 화전 부쳐드릴 거야. 알았지? 흐~흐흐."

자! 제가 또 하나 알려드릴게요.

아파트 화단에 난 나물들 뜯어 먹는 거 아니랍니다. 나무에 벌레 생길까 봐 화단에 농약을 많이 쳐서 나물이 잘 자라는 거래요. 엄마처럼 유기농일 거라는 착각은 금물!!

농약 범벅 샐러드를 드신 할머니는 오히려 면역력이 강해지셨는지도 모르겠어요. ㅋㅋㅋ

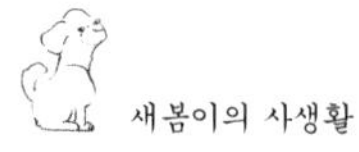

보통 우리 강쥐들은 적어도 1년에 서너 번 온몸의 털을 다 깎는 전신 미용을 한다. 외모에 무지 신경 쓰는 애들은 부분 미용을 하기도 하지만 털이 생각보다 빨리 자라기 때문에 보통 몸 전체를 '빡빡' 깎는 경우가 대부분이다.

미용을 하려면 '동물병원'에 예약하고 강제 수용이 돼서 고된 홍역을 치러야만 한다. 두세 시간이나 걸리는데다 미용사 누나의 실력이 아무리 좋아도 강쥐는 발버둥치기 마련이니 어느 정도 상처가 날 수밖에 없다. 이렇게 생난리를 치고 나면 스트레스를 너무 받아서 며칠씩 식음을 전폐하는 친구들도 있다 하니 얼마나 힘들지 상상이 좀 되시는지.

일전에 의사 선생님이 말씀하시길, "사람으로 치면 말 안 듣는다고 강제로 여학생의 머리를 빡빡 깎아놓은 거나 마찬가지" 정도의 스트레스라고 한다.

나는 동물병원에만 가면 사시나무 떨듯 떠는데 심지어 똥까지 싸기도 한다. 이처럼 내가 겁쟁이에다 충격적인 '스트레스' 정보를 듣게 된 엄마는 내 자식 머리는 내가 깎겠다는 굳은 결심을 하시고 남대문 미용 전문 상가에 가서 무려 10만 원이나 하는 가위를 사오셨다. 처음에는 가위가 너무 날카로워 엄마는 손을 여러 번 베기도 했다.

게다가 문제는 엄마는 손재주가 젬병이라는 것. 그런 분이 전체적 계획 없이 '무대뽀'로 손에 잡히는 대로 자르니 과연 내 몰골은 어떻게 되겠는가. 어느 날은 얼굴 털에 손대고, 또 어느 날은 갑자기 발바닥, 엉덩이, 몸통…… 이런 식이었다. 바쁘면 몇 주 간격이고, 한가하면 어제 잘랐는데 오늘 또 자르는 식.

나도 '개 병원' 가는 것보다는 낫겠다 싶고, 당시만 해도 외모에 신경 쓸 나이가 아니어서 꾹 참고 지냈다. 이렇게 한 2년 넘게 세월이 흘러 내 몰골은 내가 봐도 완전히 개판 5분 전이 되고 말았다. 몰티즈 본연의 몸매는 완전히 잃어버렸고, 몸뚱이는 '산'만 해져서 데굴데굴 구를 듯한 공 모양이 되어버렸다고나 할까? 얼굴은 듬성듬성 쥐가 파먹은 듯하고 귀는 짝짝이가 되었다.

할머니와 아빠는 자꾸만 노숙자 같다고 놀리시고 동네 분들은 "얘는 꼭 양털 깎아놓은 거 같네"라고 말씀들 하셨다.

내가 더 미치겠는 것은 엄마가 출근하면 가끔 할머니까지 내 털에 손을 대시는 거였다. 할머니의 미적 감각과 어두운 눈을 생각하면 이건 영 아니었다. 내 몸이 초보 미용사들 연습용도 아닌데, ㅜㅜ…….

짧은 털로 이발의 고통을 면제받은 방울이 누나가 몹시도 부러웠다.

하루는 날도 더워지고 외모에 신경 좀 써야겠다고 맘먹던 차에 내가 할머니께 먼저 말을 꺼냈다.

"할매, 시원하게 한 번 밀어버리자."

내가 날이 더워 제정신이 아니었나 보다. 개 병원에서 똥까지 쌌던 그 고통스러운 기억을 까맣게 잊어버리고 실언을 했으니. 엄마가 출근해서 말릴 사람도 없었으므로 할머니는 얼씨구나 하셨다.

평소 할머니는 내 모양이 흉측하다며 전신미용을 시키고 싶어 하셨다. 게다가 털갈이로 인해 뭉텅뭉텅 빠진 내 털이 집 안을 온통 어지럽혀서 할머니도 감당하기 어려우셨을 터였다.

병원 앞에서 잠시 망설이기도 했지만 결국 털을 확 밀어버렸다.

저녁에 퇴근해서 돌아온 엄마가 화들짝 놀라고 당혹해하는 건 당근! 그러나 이미 사태는 벌어졌다!!

내 몸을 이리저리 꼼꼼히 살피다가 상처 몇 군데를 발견한 엄마가 애꿎은 아빠한테 할머니의 '단독 범행'에 대해 불평을 늘어놓았다. 물론 초저녁잠이 많은 할머니는 나 몰라라 하고 이미 꿈나라로 피신한 상태였다.

강쥐들은 '전신 이발'을 하고 나면 '완전히' 달라져 못 알아볼 때가 있다. 이때 나도 거울을 보고 아차 싶었다. 싹 밀고 보니 오히려 외모가 예전만 못하더라 이거다. 그동안 털에 감추어져 있던 나의 '몹쓸 몸매'가 적나라하게 드러난 것이다.

늘 방울이 누나의 비만에만 신경 쓰던 우리 가족은 이런 나의 누디 라인에 경악을 금치 못했다. 터질 듯한 똥배는 물론이고, 목 부위는 살이 너무 쪄서 마치 쇠 '링' 목걸이를 서너 개 걸친 것처럼 주름이 잡혀 참으로 목불인견이었다. 결국 비만은 누나보다 내가 더 큰 문제라는 사실이 만천하에 드러났다.

그동안 나는 누나의 비만을 핑계로 살금살금 많이 얻어먹으면서 호사를 누렸는데, 이제부터 힘겨운 견생이 펼쳐질 걸 생각하니 눈앞이 캄캄해진다. 뚱땡이 누나가 듣던 잔소리를 이제는 내가 들어야 할 테고 먹을 때마다 눈치도 좀 봐야 하고…….

누나! 그동안 구박받아서 많이 힘들었겠다. 어려울 때일수록 우리가 힘을 합쳐야 하지 않겠어? 냠냠 아저씨 오면 내가 망보고 누난 한 덩어리 물고 잽싸게 튀는 거야. 알았지? 홧팅!!!

식탐 많은 우리 누나, 예전에 사고도 많이 쳤어요. 추석날 차례도 지내기 전에 제사상에 올라가서 LA갈비 훔쳐 먹다가 엄청 혼난 적 있답니다, ㅋㅋㅋ.

에미야, 플래시 잘 챙겨라 ⭐

옛날 옛적 결혼 후 맞은 첫 숙직날, 엄마는 출근하면서 할머니께 "저 오늘 숙직이라서 집에 못 들어와요. 내일 아침 9시 퇴근해서 돌아올 거예요"라고 인사했다. 기자 며느리가 숙직한다는 사실을 모른 할머니는 아들도 안 하는 숙직을 웬 여자가 다 할까라는 생각에 안쓰러운 듯 당부의 말씀을 건네셨다.

"에미야, 숙직도 하나? 플래시 잘 챙겨라, 배터리 있는지 잘 보고. 밤에 춥고 깜깜할 텐데 조심해라, 방망이 같은 것도 있냐?"

엄마는 순간 당황 모드. 할머니는 '숙직'이란 말에 아파트 경비 아저씨처럼 방망이 차고 밤에 사무실 지키고 건물 순찰 도는 일이라고 생각하셨던 것이다. 밤새 일어나는 뉴스를 챙기는 게 기자들의 숙직이라는 걸 들으신 후에야 며느리 걱정을 더셨다.

지금도 여자가 숙직하는 것은 모자보건법과 노동법에 어긋난다고

한다. 엄마가 입사 초년병 시절만 해도 여기자는 숙직을 하지 않았다. 남자 기자만 숙직하고 대신 여기자는 새벽 근무를 많이 했다. 그러나 해가 갈수록 여기자의 비율이 점점 늘어나면서 남자 기자의 숙직 횟수가 부담스러울 정도로 많아졌다. 그래서 여기자도 똑같이 당당하게 숙직을 하자는 여론이 형성되었다. 그러나 회사의 높으신 분들은 법적으로 문제가 되지 않을까 걱정했다. 부당 노동행위라며 여기자 중 누구라도 소송을 내면 큰 문제가 될 소지가 있었기 때문이다.

고심 끝에 내린 결론은 '문제 삼지 않겠다'고 여기자들이 각서를 쓰고 숙직제도를 시작하기로 한 거였다. 이렇게 웃지 못할 우여곡절 끝에 역사적인 여기자의 숙직이 시작되었다고 한다.

숙직은 보통 한 달에 두 번 정도, 숙직 다음 날 아침 엄마가 꾀죄죄한 얼굴로 집에 들어오면 우리 집은 재회의 기쁨으로 한바탕 전쟁을 치른다.

"이 녀석들! 잘 잤어?? 에미 안 보고 싶었냐?"

"엄마, 왜 이제야 오시는 거예요, 엉엉엉."

"어이구, 에미야, 애들이 밤새 너 기다리느라 계속 낑낑거리고, 자꾸 베란다에 나가서 한참 바깥을 내다보다가 들어오고 그래서 나도 잠을 설쳤다."

할머니의 말씀에 엄마는 순간 피로가 확 씻긴 듯 환한 얼굴로 "역시 내 새끼들, 아이고, 예뻐라, 사랑해요"라고 하신다.

근데 솔직히 밤새우고 들어와서 잠에 곯아떨어진 엄마를 보면 우리

간식 값이라도 벌려고 고생하시는 거 같아서 우리 마음도 편치는 않
다. 엄마가 숙직한 다음 날은 우리도 엄마 곁에 누워서 하루 종일 낮잠
만 잔다.

심심하신 할머니는 "방울아 새봄아, 니들이 숙직했냐? 이리 와, 할
미랑 놀자. 그만 일어나" 하신다.

'할머니, 저희도 밤새 잠을 못 자서 피곤하거든요. 혼자 노세요.'

 1 _ 못말리는 우리집

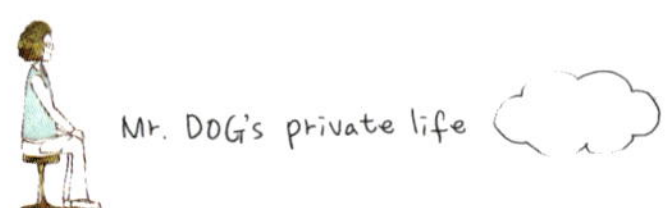

Mr. DOG's private life

2부 ─

달려라, 울엄마

손가락 잘라버릴 거야

엄마는 나와 방울이 누나에겐 그지없이 관대하지만 숨겨진 또 다른 얼굴을 갖고 있다. 특히 회사에서 쓰는 업무용 얼굴! 이를테면 두 얼굴의 여인이다.

예전 9시 뉴스 편집부에서 일할 때는 "손가락을 잘라버리겠다"는 말을 입에 달고 살았다 한다. 편집부는 각 부서에서 취재해온 내용을 선별해서 뉴스 큐시트를 만들고 최종 TV 방송 뉴스에 나가기까지 쉽게 말하면 마지막 포장 작업을 하는 곳이다. 이 작업은 아주 중요하다.

예를 들면 앵커가 "○○○ 기자가 보도합니다"라고 리포트를 소개할 때, 앵커 옆이나 아래에 그림과 글씨 제목이 보이는데 그걸 이펙트effect라고 한다. 또 뉴스를 보면 내용 자막이나 외국인 인터뷰 자막 등 글자가 많이 나오는데, 그건 '슈퍼'라고 한다. 이렇게 뉴스를 한 시간 하다 보면 얼마나 많은 자막 슈퍼가 필요할까? 이것 말고도 9시 뉴스 맨 앞

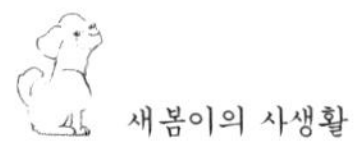

에 주요 뉴스를 정리하는 '헤드라인'도 만들고, '뉴스 예고'도 제작하는 등…….

어려운 전문용어는 이만 접고, 결론은 아무리 기자들이 열심히 취재하고 제작을 해도 최종 단계에서 하나라도 삐끗하면 바로 대형 방송 사고로 이어진다는 이야기다. 방송은 한번 나가면 공기 중의 연기처럼 주워 담을 수가 없는 법! 시청자의 신뢰를 잃어버릴 수 있기 때문에 TV에 나가는 글자 하나만 틀려도 바로 불호령이 떨어진다. 따라서 방송 사고에 뒤따라오는 메뉴는 경위서, 시말서 등등이다.

그래서 엄마는 뉴스 PD나 AD, 후배 기자들에게 "실수하면 손가락을 잘라버릴 테니 똑바로 해!" 하면서 협박을 일삼았다. 이 협박이 통해서 뉴스가 잘 나가다가도 꼭 사고가 나는 날이 있다. 그러면 엄마는 이렇게 말한다.

"○○ 씨! 손가락 알아서 하나 잘라! 알았지!"

사고 친 후배는 씩씩하게 실행 모드로 "넵, 알겠습니다" 하면서 손가락 한 마디가 잘린 것처럼 손가락을 접어 보여주기도 했고.

지금도 그때 같이 일했던 후배들이 장난을 친단다.

"이 선배! 그때 잘렸던 손가락 중에 아직 덜 자란 게 있는데요" 하면서 그 '손가락 접기'를 한다고 하니……. 우리 엄마가 얼마나 쪼아댔는지 상상이 가시죠? 실수하면 바로 손가락을 자를 각오로 열심히 일하는 기자와 스태프가 있기에 KBS 뉴스가 잘나가는 거 아닐까요? 엄마, 내 말이 맞죠?

2 _ 달려라, 울엄마

방송국엔 이런 말이 고전처럼 내려온다고 한다.

"방송엔 연습이 없다! 실전뿐이다."

'무서운' 우리 엄마, 이제는 나한테까지 협박하신다.

"새봄아, 너도 손가락 발가락 조심해라, 알겠지!"

이때 똑똑한 방울이 누나가 듣고 있다가 구원 투수로 나선다.

"근데 엄마가 엄마 손가락 자를 일은 없었어요?"

"어머! 너 어떻게 알았어? 왜 없었겠니? 당근이쥐, 나라고 용빼는
재주 있겠냐?"

미끼와 시어머니

요즘은 덜하지만 10여 년 전 백화점에 처음 미끼 상품이 나왔을 때만 해도 난리가 났다고 한다. 주부들이 이 미끼 상품을 놓치지 않으려고 백화점이 영업을 시작하기도 전에 구름처럼 몰려와 줄을 섰다. 문이 열리는 순간 우당탕, 우르르, 100미터 달리기 하듯 뛰어 들어가니 안전 사고가 날까 백화점 직원들이 전전긍긍하던 시절이었다. 그러니 목숨 건 아줌마들의 쟁탈전은 방송 뉴스용으로 아주 좋은 그림거리였다고 한다.

엄마가 경제부 시절 있었던 일이다.

미끼 쟁탈전을 취재하러 갔던 우리 엄마! 한바탕 난리 블루스를 친 줄서기를 촬영하고 돌아서는 순간, 어디서 낯익은 목소리가 엄마를 잡았다.

“에미야, 에미야, 나 여기 있다!”

허걱 놀란 우리 엄마! 아줌마들의 줄 사이에 웬 할머니, 어라? 시어머니가 서 계신 게 아닌가?

당황한 우리 엄마, “어머! 어머니, 웬일이세요?”

순간 만감이 교차했다고 한다.

옆에 있던 촬영기자와 오디오맨 앞에서 쪽팔리기도 하고, 게다가 줄 서 있던 아줌마들의 시선이 일제히 꽂혀와 어쩔 줄을 몰라 하는데 또 한 번 날아오는 할머니의 밝은 목소리 !

함께 간 동네 할머니에게 자랑스러운 듯 하시는 말씀.

“쟤가 우리 며느리예요, 테레비에 나오는 기자잖아, 호호호! 왜 9번에서 나오잖아?”

할머니 어깨엔 잔뜩 힘이 들어갔지만 백화점 식품 매장에서 취재하는 내내 뒤통수가 당겨서 죽을 뻔한 엄마는 부랴부랴 취재를 마치고 도망치듯 현장을 빠져나왔다. 지금 생각하면 그땐 참! 철이 없었던 거 같다고 말씀하신다. 뭐 창피할 것도 없고, 사람 사는 거 다 똑같은데 말이다. 그때만 해도 쓸데없는 자격지심에 혹시 사람들이 며느리가 돈 잘 버는(?) 방송국 기자면서 시어머니를 이런 데 오시게 했다고 욕먹을까 걱정했다니.

그날 저녁 엄마가 취재한 기사가 9시 뉴스를 탔다.

밤늦게 집으로 돌아온 엄마가 “어머니, 뭐 하러 힘들게 아침 일찍부터 거기까지 가신 거예요?” 했더니 할머니는 “에미야, 오늘 두 번 기다

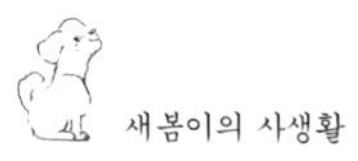

려서 단돈 2천 원에 닭을 두 마리나 샀다, 얘! 에미도 삼계탕 한 그릇 먹어라" 하며 뿌듯해하셨다.

'엄마! 왜 할머니 인터뷰 하나 해주시지 그랬어요? 그러면 할머니가 더 신나셨을 텐데. 효도가 따로 있나요?'(어버이날 새봄이 생각! 멍멍!!)

싸움의 기술 ⭐

엄마에겐 모르는 사람과 시비가 붙었을 때 상습적으로 써먹는 수법이 있다. 말끝마다 "네, 선생님! 네, 선생님" 하는 거다. 특히 남자들한테 잘 먹힌다고 한다. 예를 들면,

"선생님은 그렇게 생각하시겠지만……."

"선생님, 뭐가 잘못됐다는 겁니까?"

"선생님, 제 생각엔……."

속으론 화가 치밀지만 겉으로는 집요하게 상대방을 존중하는 듯 선생님이라고 계속 불러대면 상대방은 미치고 환장할 노릇일 것 같다. 일종의 싸움의 기술이자 호신술인 셈이다. 자칫 더러운 놈 잘못 만나면 여자를 우습게 보고 화내면서 욕지거리하기 쉬운 세상이다.

한편, "선생님, 선생님" 자꾸 하다 보면 다혈질인 엄마 스스로 흥분을 방지할 수 있다고 한다. 싸움할 때 흥분하면 진다는 사실을 터득한

것이다. 성질 나쁜 놈도 상대방이 자꾸 '선생님, 선생님' 하면, 거참 거기다 대고 계속 욕할 수도 없고 난감할 듯하다. 내 생각에 사람들 마음속에는 누군가로부터 대우받고 싶어 하는 심리가 숨어 있는 것을 엄마가 교묘히 이용하는 것 같다.

'아이고!!! 여우 같은 우리 엄마, 싸움도 잘하네, ㅋㅋㅋ.'

싸움 하면 우리들 떼거리 개싸움이 최곤데…….

왈! 왈! 왈! 우리 엄마한테 한번 물리면 약도 없다. 한번 물면 절대 놓지 않는다. 개 같은 여자다. 어째 말이 좀 이상한가?

2_ 달려라, 울엄마

세상 들꽃 하나도 그냥 피어나지 않는다 ⭐

나 새봄이도 입양되어 엄마의 자식으로 살고 있지만 나와 같은 처지의 '사람 아기'들도 많다는 사실을 뒤늦게 알았다.

나도 방송기자인 엄마 따라서 리포트 한번 해보겠다.

"미 국무부 통계에 따르면 2009년 한 해 미국 가정에 입양된 한국 아기가 모두 1,100여 명으로 집계됐습니다. 중국은 2005년 7,906명으로 최고 기록을 세운 이후 해마다 줄고 있는 추세입니다. 반면 한국은 매년 증가 추세를 보이면서 미국에서 베이비 수출국 4위라는 불명예를 안고 있습니다. 미국을 비롯해 해외로 입양되는 한국의 아기들은 한 해 2천여 명에 이르는 것으로 조사됐습니다. KBS뉴스 김새봄입니다."

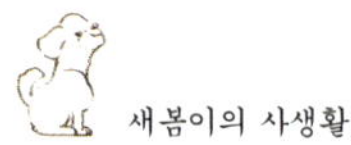

엄마는 16년 전에 보았던 한 아기의 얼굴이 지금도 잊혀지지 않는다고 한다.

1994년 릴레함메르 동계 올림픽을 취재하기 위해 노르웨이에 갔을 때였다. 처음 그곳에 도착해 프레스 센터를 찾아가는 길을 헤매는 도중 반갑게도 한 한국 청년이 눈에 띄었다. 한눈에 그냥 한국 사람인 걸 알 수 있었다.

"안녕하세요, 길 좀 물어보려구요?" 했더니 이게 웬일!! 그 청년은 노르웨이어로 쏴르라 쏴르라 하더니 쌀쌀맞게도 가던 길을 가버렸다.

당황한 엄마! 그 순간 머리를 콱 때린 단어, 입양!

　그 청년은 자기와 비슷하게 생긴 우리 일행을 보고 어떤 생각을 했을지, 아니면 무심했을지……. 엄마는 그 청년에게 죄지은 기분이 들면서 무수한 생각들이 스쳐 지나갔다. '한국에서 수억만 리 떨어진 여기까지…….' 엄마는 그곳에 머무는 동안 놀라울 정도로 많은 입양아들을 보고 충격을 받았다.

　그러던 어느 날, 현지의 한 대형 슈퍼마켓에 들렀다.

　그곳에서 유모차를 끌고 있는 100킬로그램에 육박할 듯한 뚱뚱한 흑인 아줌마를 보았다. 그 아줌마의 육중한 덩치와 유모차가 너무 어울리지 않아서 가까이 다가올 때까지 기다렸다가 살펴보았더니 아주 어린 생후 5개월쯤 된, 그것도 흑인 엄마와는 전혀 다른 동양 아기였다. 순간, 아기를 낳아본 직감으로 '한국 아기'라는 느낌이 아프게 다가왔다.

　세상 모르고 유모차에 앉아 환하게 웃고 있는 여자 아기! 왜 하필 뚱뚱한 흑인 엄마야? 하는 생각이 엄마의 마음을 더 무겁게 했다. 분명 엄마의 편견이었지만 그 순간 엄마의 마음은 그랬다.

　엄마는 그때의 가슴 아픈 기억이 영화의 한 장면처럼 지금까지 뇌리에 박혀 있다고 한다. 이제 그 아기는 다 큰 처녀가 됐을 텐데. 살아온 여정이 힘들지는 않았는지, 지금 어떤 모습으로 살고 있는지.

　엄마는 나와 누나를 데리고 산책하실 때, 늘 아파트 화단을 지나친다. 그러면서 가끔 내가 알아듣지 못하는 혼잣말을 한다.

　"세상에 들꽃 하나도 그냥 피어난 게 아닌데……."

악녀 토냐 하딩 덕분에

우리 엄마가 미국의 악녀 토냐 하딩Tonya Maxine Harding 덕분에 CNN 방송을 타고 전 세계(?)로 나간 적이 있다고 한다.

우선 여러분의 이해를 돕기 위해 악녀 토냐 하딩에 대해 김새봄 기자가 먼저 첫 번째 뉴스를 보도하겠다.

"1990년대 미국 최고의 피겨 스타! 토냐 하딩은 올림픽 무대에 두 번이나 출전했고, 1991년 세계선수권대회 은메달을 획득하기도 했습니다. 그녀는 실력뿐만이 아니라 미모까지 뛰어나 많은 팬들의 사랑을 받았습니다. 그러나 쟁쟁한 라이벌 낸시 캐리건Nancy Kerrigan이 등장하자 한순간 악녀로 돌변했습니다. 특히 지난 1994년 동계 올림픽을 앞두고 라이벌의 존재 때문에 불안해진 심리 상태는 극에 달했습니다. 토냐 하딩은 낸시 캐리건을 올림픽에 출전하지 못하게 하려고 전 남편을

사주해 낸시 캐리건의 무릎을 몽둥이로 가격했습니다. 전 남편의 자수로 토냐 하딩은 폭행 사주 혐의로 경찰에 연행됐으나 증거가 충분하지 않아 풀려났습니다. 빙판의 악녀 토냐 하딩은 석방되자 릴레함메르 동계 올림픽에 출전하게 됐습니다. KBS뉴스 김새봄입니다.”

미국은 물론 전 세계 스포츠계를 떠들썩하게 했던 토냐 하딩은 동계 올림픽에서 큰 뉴스거리였다. 피해자인 낸시 캐리건은 부상으로 올림픽 출전권을 딸 수 없었지만 옆에서 지켜보던 착한 후배 선수가 자신의 출전권을 양보해 또 한 번 토냐 하딩과 운명의 대결을 벌이게 되었다고 한다.

두 선수가 금메달을 향한 결전의 날을 앞두고 같은 시각 같은 장소에서 공식 연습을 하게 되자 전 세계 언론은 열띤 취재 경쟁을 벌였다. 물론 엄마도 그 자리에 있었다.

엄마는 CNN 기자에게 서로 ‘웬수’가 된 두 사람이 같이 연습을 하는 거에 대해 어떤 생각을 갖고 있는지 인터뷰를 했다. 그러자 이번에는 CNN 기자가 엄마에게, “동양인으로서는 어떻게 생각하는지?” 거꾸로 인터뷰를 요청했다.

먼저 부탁해서 인터뷰 해놓고 차마 얌체같이 안 해줄 수도 없어서 울며 겨자 먹기로, 말도 안 되는 콩글리시로 얼렁뚱땅 대답을 했다. 우리 엄마 영어만 잘했어도 걱정이 없었을 텐데. 지금 같으면 쪽팔려서 절대 안 했을 거라고 한다,

엄마도 그 뉴스를 리포트 했고, 이름도 기억 안 나는 그 CNN 기자

도 리포트를 당연히 했을 것이다. 다행히 국내에서 엄마의 CNN 인터뷰를 봤다는 사람이 없어서 안심했는데, 아뿔싸! 몇 달 뒤 이탈리아에서 귀국한 아는 분을 만났는데 "이탈리아에서 봤다"며 반가워하더라나. 으~악! 엄마는 쥐구멍을 찾고 싶을 만큼 너무 민망했다고 한다.

과연 악녀 토냐 하딩이 동계 올림픽에서 몇 등이나 했는지 궁금하시죠? 그래서 김새봄 기자가 두 번째 소식을 보도한다.

"못된 짓을 한 토냐 하딩은 메달도 따지 못했고 8위라는 저조한 성적을 기록했습니다. 반면 착한 낸시 캐리건은 은메달을 목에 걸었습니다. 토냐 하딩은 릴레함메르 올림픽을 끝내고 양심에 찔렸는지 자신의 죄를 인정했습니다. 그래서 사회봉사 500시간과 벌금 16만 달러에 보호 관찰 기간 3년을 받았습니다. 뿐만 아니라 토냐 하딩은 1994년 미국 챔피언 타이틀을 박탈당하고 미국 스케이팅 연맹에서 영구 제명을 당했습니다. 토니 하딩은 한순간의 실수로 국민 요정에서 악녀로 낙인찍힌 것입니다. 이후 지난 2003년엔 프로 복서로 변신해 성공적인 데뷔전을 치렀습니다. KBS뉴스 김새봄입니다."

엄마는 요즘 김연아 선수나 피겨 스케이팅 경기를 보면 토냐 하딩이 떠오른다고 한다. '그냥 착하게 살면 됐을걸 왜 그리 못된 짓을 했을까요? 복싱 선수 하면서 누굴 또 얼마나 팼는지 모르겠네요. ㅋㅋㅋㅋ. "미쳤어! 정말 미쳤어!" 하는 손담비 노래 아시죠?'

고_故 송성일 선수를 기억하며 ⭐

엄마는 기자 생활을 KBS 스포츠부에서 시작하셨다. 물론 내가 엄마를 만나기 오래전 일이다. 엄마는 25년이 넘는 기자 생활을 돌아볼 때 만난 적은 한 번도 없지만 잊혀지지 않는 사람이 있다고 한다. 그 사람의 이름은 송성일이다.

시간은 일본 히로시마 아시안 게임이 열렸던 1994년으로 거슬러 올라간다. 그 당시는 운동선수들이 국제대회에서 금메달을 따면 국민적 영웅으로 대접받던 시절이다.

레슬링 그레코로만형 100킬로그램급 금메달리스트, 국가대표 송성일 선수! 가난했던 그는 늘 위암 투병 중인 어머니를 생각하며 운동을 했다. 우승 소감으로 "금메달을 위암으로 투병 중인 어머니에게 바친다"고 해서 주위의 심금을 울린 그는 감격의 금메달을 목에 걸고

금의환향했다. 하지만 그의 금빛 기쁨은 오래가지 못했다. 개선한 지 사흘 만에 복통으로 병원 검사, 그리고 위암 말기 판정! 참 기막힌 일이다. 자신이 말기암 환자인 줄도 몰랐다니……. 그야말로 충격적인 뉴스였다.

오직 금메달을 향해 몸을 불태운 이 진정한 영웅은 많은 사람에게 감동과 함께 슬픔을 주었다. 태릉선수촌에서 훈련할 때도 위궤양으로 착각하고 매일 겔포스만 먹었다고 한다. 가히 그러한 정신력을 어떻게 표현해야 할까? 엄마는 지금도 그를 생각하면 가슴이 먹먹해진다고 한다.

그는 병상에서도 불굴의 의지로 투병 생활을 했지만 병마는 끝내 26살 아시안 게임의 영웅을 삼켜버렸다. 투병 3개월 만이었다.

1995년 1월 29일!

엄마는 일요일이었던 걸로 기억하신다. 레슬링 담당이 아니었지만 그날 휴일 근무 중이어서 졸지에 송성일 선수의 죽음을 9시 뉴스에 리포트하게 되었다. 꿈 한번 제대로 펴보지 못하고 떠난 안타까운 송 선수! 그를 위해 엄마가 마지막으로 할 수 있었던 일은 다른 방송사 기자들보다 감동적인 리포트를 만들어 내보내는 것이었다.

"병상의 고통 속에서도 늘 사람 좋은 웃음을 잃지 않은 송성일 선수!"

이 말은 아직도 엄마가 기억하는 리포트 원고의 한 구절이다. 그리고 엄마는 리포트를 슬프게 읽어야 할지, 아니면 담담하게 읽어나가야 할지 목소리 톤을 고민, 고민하면서 수십 번 연습했다. 결국은 '담담하게' 기자의 입장에서 읽었고, 투혼의 마지막 경기 장면과 병상의 얼굴 영상을 넣고 〈울게 하소서〉라는 음악을 BG로 써서 엄마의 마음을 대신했다.

그날 엄마는 아빠에게 특별 미션을 주었다. M방송사와 S방송사의 송성일 선수 리포트를 철저히 모니터 하시라고. 왜냐하면 엄마의 마음속 약속이 지켜졌는지 확인하기 위해서였다.

요즘엔 송 선수와 같은 경우는 있을 수 없는 일이라고 한다. 한편으론 그만큼 예전엔 우리 국가대표 선수들이 어려운 여건에서 운동을 했다는 애기도 된다.

'엄마! 영화 〈국가대표〉가 감동적이었는데요…… 송성일 선수가 하늘나라로 간 지 벌써 15년이 흘렀네요. 엄마와 사람들의 기억 속에 송 선수는 영원할 거예요. 엄마! 우리 엄마! 우리 더 열심히 살자고요! 찡끗(윙크)!!'

"금메달을 위암으로 투병 중인
어머니에게 바친다."

매일 토할 것 같은 기자 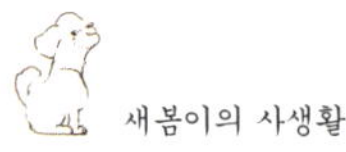

엄마 후배 중에는 매일 "토할 것 같아요"라고 말하는 기자가 있다.

'우웩!! 드러워라!'

왜 자꾸 토할 거 같다고 하는지 모르겠다.

이 후배는 30대 중반의 남자 기자! 짬밥은 10년차! 인물과 몸매는 절대 엄마 스타일 아님! 근데 엄마는 그 후배 기자를 무척 예뻐하신다는데. 무엇이 엄마를 그렇게 만들었을까? 혹시 돈? 그렇다고 후배한테 빈대 붙어 밥 얻어먹고 등쳐먹을 엄마는 절대 아니다.

문제의 김○○ 기자는 리포트 하나 취재해서 제작할 때마다 혼신의 힘을 쏟는다고 한다. 리포트 영상에 맞는 음악 하나를 찾기 위해 몇 시간을 듣고 또 듣고, 자료 화면을 하나 찾을 때도 가장 좋은 '컷' 하나를 고르기 위해 눈알 빠지도록 테이프를 보고 또 보고, 원고를 쓸 때는 제일 적절한 표현과 단어를 찾기 위해 머리에 쥐가 나도록 고민하고……. 그리고 일이 끝날 때까지 저녁밥 절대 안 먹고 일하는데 그렇게 하고 나면 토할 것 같다고 한다.

정말 토할 거 같은 기분이 들지 않겠어요?

이런 후배를 엄마는 구박한다.

"야! 남들 밥 먹을 때 같이 먹고 남들 놀 때 놀면서도 리포트 잘하는 사람이 유능한 거야. 밥 안 먹고 해봐라, 나처럼 위장병 생겨! 위장병은 산재 처리도 안될걸?"

그렇지만 내가 엄마의 속을 왜 모를까?

엄마도 그 후배처럼 했으면 벌써 뭐가 됐어도 됐을 거란다. 그 후배가 리포트할 때마다 칭찬 릴레이는 집에까지 와서도 이어진다. 물론 아빠도 시청자 입장에서 칭찬 보태기에 가세하신다.

'엄마! 으~윽!! 저도 토할 거 같아요. 집 지키랴, 엄마 눈치 보랴, 재롱부리랴, 개인기 연마하랴…… 으~윽 웩 ……'

2_ 달려라, 울엄마

엄마도 탈레반의 인질 ⭐

엄마가 기자 생활을 하면서 치른 최대의 사건은 아프간 탈레반의 한국인 피랍 사건이라고 한다. 그때 엄마의 부서는 당근 국제부!

2007년 7월 20일 오후 1시경, 외신으로 타전된 긴급 뉴스!

"한국인들 아프간 무장 세력에 피랍."

이 짧은 한 문장이 뜨면서 각 방송사들의 목숨을 건 '속보와의 전쟁'은 시작되었다. 첫 소식을 전하는 '1보'는 누가 1초라도 먼저 뉴스 속보 자막을 넣느냐 하는 것. 보도국에서는 이것이 엄청 중요하다고 한다.

그 뒤부터 이어지는 본격 TV 뉴스 속보!!

보도국 전체, 수백 명의 취재기자와, 촬영기자, 그리고 엔지니어까지 모든 스태프에게 비상이 걸린다. 다른 방송사보다 빨리 방송하기 위한, 그야말로 총성 없는 전쟁터이다.

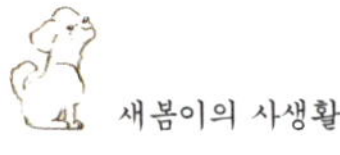

첫 뉴스 속보는 피랍된 사람은 몇 명인지? 누구인지? 뭐 하는 사람인지? 어디서 피랍됐는지? 어떤 놈들이 납치했는지? 납치범들은 뭐 하는 놈인지? 뭘 노렸는지? 피랍자들이 왜 아프간에 갔는지? 피랍 당시 상황이 어떠했는지? 등등을 전하는 게 관건!

시간이 흐르면서 드러난 사건의 전말은 다 기억하실 것이다. 아프간에 선교 활동을 하러 갔던 분당 ○○교회 신도 스물세 명이 무장세력 탈레반에게 납치된 것이다. 이 사건은 무려 43일을 끌었다. 그러니 매일 시도 때도 없이 이어지는 TV 뉴스 속보!

보도국의 밤은 평소에도 잠들지 않는다. 언제 터질지 모르는 뉴스에 대비해 24시간 근무 시스템으로 돌아간다. 평상시도 이런데 이때는 엄마가 얼마나 더 힘들게 근무했을지 짐작할 수 있다. 밤에도 야근 기자들이 대거 투입되어 올빼미처럼 외신 뉴스를·긴장 속에 주시! 사건 43일 동안 엄마를 비롯한 국제부 기자들은 모두 탈레반의 인질이 된 심정이었다. 탈레반의 살해 협박 때문이었다.

1차 살해 협박 시한은 7월 25일 오후 6시!! 자신들의 요구를 들어주지 않으면 인질들을 살해하겠다는 것이었다. 통첩 시한인 오후 6시가 임박해지면서 국제부 기자들은 일제히 초긴장 상태! 기자들이 한사람씩 세계 주요 통신사를 맡아 분담 체크! 알자지라 방송, 아프간 AIP 통신, 아프간 파지워크통신, AFP, 로이터, AP, CNN 등등.

물론 적군(?)의 방송국 M사, S사보다 먼저 팩트fact를 체크해서 뉴스 속보를 전달해야 하기 때문이다. 질 수 없는 경쟁이다. 긴급 상황일 때

2 _ 달려라, 울엄마

는 목소리 커지고 뛰어다니는 일은 다반사. 엄마는 시곗바늘이 6시에 다가갈수록 초초, 긴장, 불안…… 목이 조여오는 느낌이었다.

잠시 후 "어떻게 해!!" 짧은 비명 속에 이어지는 외침은 "속보 자막 빨리 넣어!"

인질 한 명이 그렇게 목숨을 잃었다. 그 후로도 탈레반의 살해 협박은 하루가 멀다 하고 계속됐으니 엄마의 심정이 오죽했을까? 몇 번을 죽었다 살아났는지 모르겠다고 한다. 결국 또 한 명의 인질이 살해되는 비극이 이어졌고 우여곡절 끝에 2007년 8월 30일 자정.

"탈레반 나머지 인질 4명 석방, 사태 종료."

뉴스 속보 자막을 내보내는 순간 엄마는 후배 기자들과 껴안고 껑충 껑충 뛰었다고 한다.

그 끔찍했던 여름, 엄마와 기자들은 매일 아침부터 오밤중까지 생고 생했고 휴일은 모두 반납, 점심과 저녁 모두 지겨운 도시락으로 연명!

이 모든 기자들도 인질 상태였다. 그 사건 내내 나와 누나, 가족들은 엄마에게 버림받았다. 너무 바빴으니 어쩔 수 없는 일이었다.

사실 나는 지금도 가끔 인질 생활을 하곤 한다. 아빠는 뭔가 엄마에게 불만이 생길 때면 "나한테 잘해라. 안 그러면 당신 집에 없을 때 애들 패버리는 수가 있다. 아니면 개장수한테 넘기든지" 하면서 협박하시곤 한다.

그렇다고 그냥 물러설 엄마가 아니다.

"뭐라고? 말씀 다 하셨나? 당신 어머니가 나의 인질인 거 까먹으셨

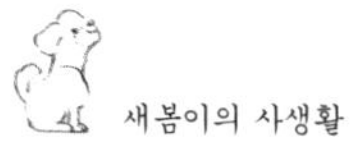

나? 만약에 새봄이한테…… 알아서 하시옷!!!"

　엄마가 시집오는 날부터 할머니하고 같이 살았으니 할머니의 인질 사태는 벌써 20년 가까이???

숨 쉬지 말고 ⭐

엄마 말씀이 방송은 매일매일 시간과의 치열한 싸움이란다. 예컨대 9시 뉴스 큐시트에 이재숙 기자가 취재한 '새봄이 가출 사건'이 '열 번째' 리포트로 잡혀 있는데 만약 편집 제작이 안 돼서 소위 빵꾸가 나면 아무리 열심히 취재했어도 아무 소용없는 것이다. 전문용어로 가장 무서운 '방송 사고!' 그래서 빨리 취재해서 빨리 원고를 쓰고 빨리 제작하는 순발력은 기자들의 중요한 능력 중의 하나이다.

그리고 혹시 이것도 아시는지? 사안에 따라 다르긴 하지만 앵커가 '새봄 기자가 보도합니다' 한 후에 나오는 일반 리포트의 길이가 대부분 1분 20초에서 1분 30초 사이라는 것을! 이런 '제작 길이' 때문에 기자들은 또 시간과 씨름을 해야 한다.

취재한 내용이 많으니 할 말도 많고, 인터뷰도 두 개 정도 넣어야 하고, 또 기자들의 얼굴이 나오는 스탠딩도 넣어야 하고…… 이 모든 걸

KBS

넣어 80~90초 안에 요리를 하려니 머리에 쥐가 날 수밖에 없다. 그래서 리포트 원고 작성 때는 문장을 썼다 지웠다, 단어를 넣었다 뺐다, 초 단위까지 시간 계산을 철저히 한다.

엄마가 후배 기자들의 원고 데스크를 볼 때 "이거 시간 오버되지 않겠어요?" 하고 우려하면 욕심쟁이 후배들은 기사 내용을 잘라낼까 봐 "좀 스피디하게 읽어서 2~3초는 줄여볼게요" 한다나?

그러면 우리 엄마 웃으면서 하는 말,

"○○ 씨, 숨 쉬지 말고 한 칼에 읽으세요. ㅎㅎㅎ."

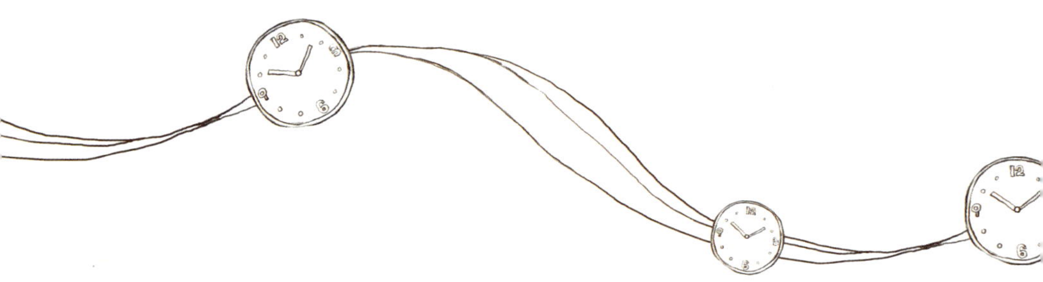

청덕 여왕과 부당

내가 살면서 어려워하는 것들 중의 하나는 엄마의 심기를 살피는 것!

퇴근하고 집으로 들어오는 엄마의 표정과 기분에 따라 집안은 '온탕'과 '냉탕'이 될 때가 많다. 나야 집에서 놀고먹지만 25년 이상 돈벌이를 한 엄마! 그동안 왜 힘드시지 않았겠나? 특히 엄마 같은 짬밥을 가진 노병들에게는 더욱 그랬을 것이다.

우리 엄마에겐 힘들 때마다 떠올리는 선배 여기자가 한 분 있다. 엄마가 존경하는 그분은 우리나라 최초의 여성 주필 1호를 기록했고 한국일보 사장을 지낸 장명수 씨.

화려한 타이틀 때문이 절대 아니다. 그분이 한국일보 사장이 되었을 때 많은 여기자들 사이에서 엄청난 뉴스였다. 후배들이 궁금해했던 것은 그 자리까지 오른 일종의 노하우! 하지만 그 선배의 답은 많은 여자 후배들의 가슴을 울렸다고 한다. 편집국의 '붙박이 장'으로 살았던 눈

물겨운 10년 시절이 있었다는 진솔한 고백이었다.

"아무도 관심 가져주지 않고 아무도 쳐다봐주지 않는 붙박이 장처럼!!" 지금은 세상이 많이 달라졌지만 그 선배님이 주신 직장 생활의 결정판 금과옥조는 "끝까지 참고!! 버티고!!! 기다리고!!! 그리고 준비하라"는 것.

그동안 우리 엄마도 회사에서 소위 물을 많이 먹었다고 한다. 겉보기엔 당당했다. 하지만 알고 있다. 그 당당함 뒤에 감추었던 엄마의 눈물을!! 오죽했으면 엄마 스스로 자신을 '천덕 여왕'이라고 했을까?

아! 엄마 회사에는 '비담' 대신에 '부담'도 있다고 한다. '부담 기자' 아저씨 모습, 상상이 되세요? 드라마 속 잘생긴 '비담' 탤런트 김남길의 외모와는 손톱만큼도 비슷하지는 않지만 좀 뚱뚱해도 성격 좋고 열심히 일하는 사랑스러운 '부담'이라고 한다.

지금 언론계에는 엄마 또래 여기자들이 야생동물들처럼 자꾸 줄어들고 있다. 구조조정이라나? 명예퇴직이라나?

엄마는 이제 노병들을 만나면 서로 격려하고 끈끈한 동지애가 생긴다고 한다. "빨리 올라가면 뭐 해! 내려오면 끝인데. 끝까지 버티면서!! 가늘고!! 길게!! 즐겁게!! 살자구요"라고 외치는 노병들의 의기투합!

엄마! 저, 철없는 '개 자식'이지만 절대 동감이에요. 제 간식 값이라도 버시려면 잘리지 말고 오래오래 버텨주셔야 해요. 엄마는 할 수 있다니까요. 천덕 여왕이면 어때요? 저한테는 선덕 여왕인데요.

사랑해요, 천덕 여왕!!

앞발 들고 만세 부르는 게 진짜 어렵지만 만세 삼창 해드릴게요.

천덕 여왕!!

천덕 여왕!!

천덕 여왕!!

so~ what~~~~!!? ⭐

엄마가 초짜 기자 때 가장 많이 듣던 말은 "so what?"이었다고 한다. 나름 머리를 짜내고 취재원들을 만난 뒤 의기양양하게 취재 아이템을 보고하면 어김없이 돌아오는 부장님의 반응!

"So what? 그거 시청자가 알아야 돼?"

비정한 다그침에 한 방 맞으면 기운이 팍 빠지면서 뒤통수가 당기고, 고민이 시작된다. 안 돌아가는 잔머리를 굴려 2차 시도에 나서면 이번에도 역시 퇴짜!

"So what? 어쨌다는 거야?"

도대체 뭘 취재하라는 건지? 감이……? 흑흑!!

부장님의 깊은 뜻은 이런 거라는데.

'공연계 스타 마케팅'을 취재한다고 할 때 단순한 현상은 시청자들에게 전달할 가치가 없다는 것이다.

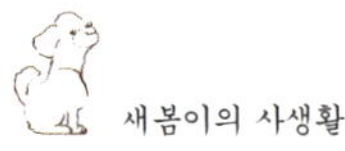

1. 경쟁적인 스타 마케팅으로 공연계에 거품이 끼어서 티켓 값이 올라 관객들에게 부담이 전가되는지.
2. 아니면 과도한 스타 마케팅으로 기존 배우들이 설 자리를 잃어가고 있는지.
3. 아니면 스타들의 몸값 때문에 공연의 질이 떨어지는 것은 아닌지, 등등.

머리를 장식용으로 달고 다니지 말라는 주문이다.

TV 볼 때는 뉴스가 후딱 지나가지만 사실 '물건'(방송국 전문용어)은 퇴짜와 고민의 산고 끝에 나온 옥동자라고 한다. 또 리포트 원고 기사도 재수 좋으면 한 칼에 통과될 때도 있지만 계속 다시, 다시…….

그래서 이렇게도 써보고 저렇게도 써보고……. 드물지만 인터뷰 내용을 잘못 해오면 다시 가서 따오기도 하고……. 같은 사람한테 가서 다시 인터뷰 하자는 건 얼마나 창피한 일인지? 이를 방지하기 위해서 급히 다른 사람으로 바꿀 수 있다면 '급섭외'가 최선책이다.

우리 엄마가 신참 기자일 때 너무 무능한 거 아니었나 싶다.

산전수전 다 겪으며 이제는 왕고참이 된 우리 어머님(??)도 후배 기자가 취재 아이템을 가져오면 도끼눈을 뜬다.

"So~ what~~? 어쨌다는 거야?!!!"

엄마는 집까지도 이 버릇을 가져온다. 가끔 아빠가 KBS 뉴스가 마음에 안 든다고 지적하면 제 식구 감싸기에 나선다.

    2_ 달려라, 울엄마

“So~~ what!!? 토 달지 마세욧! 기자들이 열심히 만든 건데 먼 소리여?”

엄마의 잘난 척에 삐친 아빠.

“기자질 오래하더니 못된 거만 배워가지고…… 내가 기자냐? 자기 아랫사람 취급한다니까…….”

상조 전문기자

요즘엔 '팔방미녀형' 기자보다는 전문기자들이 각광받는 시대다. 근데 엄마의 후배 중에는 상조 전문기자(?)가 있다고 한다.

김수환 추기경, 법정 스님, 코미디언 배삼룡, 배우 최진실, 최진영, 작곡가 박춘석, 가수 백설희 씨, 앙드레김 등등.

이분들의 공통점, 감이 오시죠? 하필이면 유명 인사들의 사망부터 영결식까지 줄창 총을 맞고 리포트 해야 했던 기자의 항변!!

"장례 치르느라 힘들어 죽겠어요! 왜 저를 상조 전문기자로 만드시나요? 흑흑."

사망 첫날 1보 리포트부터 이튿날 추모 스케치 리포트, 장례식 스케치 리포트까지 일은 계속된다. 영결식 있는 날은 차 막히는 것 감안해서 새벽 일찍 취재를 가야 하니 몸이 피곤할 수밖에 없다. 상주가 따로 없다.

이럴 때 힘들어하는 상조 전문기자를 달래는 엄마의 말씀.

2 _ 달려라, 울엄마

“공덕 쌓는 거니까 잘 모셔드리세요, 묻지도 따지지도 말고⋯⋯.”

그리고 주요 유명 인사가 병환 중일 때는 미리 리포트 자료를 준비해놓는다고 한다. 뉴스 속보에 빨리 대응하기 위해서라지만 아마 그분들이 아시면 기분 상할 것 같다.

엄마가 이거 비밀이라며 말씀하시길, 고故 김수환 추기경은 병세가 소문나면서 3년 전부터 그분의 생애와 업적, 발자취 등의 리포트 자료를 준비해놓았고, 코미디계의 큰 별 배삼룡 씨도 1년 전부터 만들어놓았다고 한다. 그리고 지금도 계속 준비하고 있는 인사들이 있는데 그건 영업비밀이라고 한다.

엄마, 혹시 이런 것도 미리 쓰시는 거는 아니죠?

‘새봄이를 가슴에 묻다.’

엄마, 제발⋯⋯ 흑흑!!

얼마 전 전 국민의 기대를 모았던 노벨 문학상 발표 때는 고은 시인의 수상에 대비해 시인의 문학세계와 의미 등 관련 리포트 10개를 사전에 제작해놓고 뉴스 속보를 준비했다고 들었다. 물론 시인의 집 앞에는 각 방송사들의 중계차가 출동하고 기자들이 골목을 가득 메운 채 낭보를 기대했지만 페루 작가 마리오 바르가스 요사에게 돌아가 큰 아쉬움을 남겼다. 머지않아 노벨 문학상 수상 속보를 전하는 날이 오길, 저 새봄이가 응원할게요. 멍멍!!!

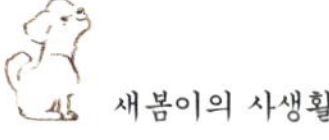

우리 엄마가 사랑하는 후배 중에 '혀슬기'라는 기자가 있다.

'혀가 짧아서 슬픈 기자!'

허걱! 매일 떠들어대는 방송기자가 혀가 짧다니…….

〈세상에 이런 일이!〉에 나올 만한 일이다. ㅋㅋㅋ.

주인공은 김○○ 기자!

사실 '혀슬기'는 그의 부인이 지어준 애칭이자 별명이라고 한다. 혀가 짧아서 '예술의 전당'을? '애술의 전당'으로 발음하는 핸디캡이 있지만 그는 뛰어난 취재력과 열정으로 인정받고 있는 기자이다.

이 혀슬기 김 기자는 사건기자 시절 '60대'가 등장하는 기사 쓰기가 제일 싫었다고 한다. '예순두 살 김모 씨'가 '애순두 살 김모 씨'로 둔갑하고 마는 안타까운 사연 때문이란다.

그런 안타까운 목소리를 갖고 시작한 방송기자 생활이 어언 15년.

취재기자로서의 일과 더불어 지난 2003년부터 〈황정민의 FM 대행진〉에서 간추린 뉴스 코너 '뉴스 액추얼리'를 진행해오고 있다. 내공이 8년 동안이나 쌓이면서 이제는 많은 팬들을 몰고 다니며 라디오계의 '스타 기자!'로 등극, 혀슬기 팬클럽 회원만 1,500여 명이라니 대단하다고 할 수 있다.

팬이라고는 우리 동네 강쥐들뿐인 우리 엄마. 엄마도 애칭 하나 정도 가질 자격은 있다. 그래서 애칭 하나 지어드린다. '배슬기' 기자. 배가 나와 슬픈 기자. ㅋㅋㅋ.

'혀슬기' 기자가 열심히 사는 사람이라 그런 걸까? 여러 이력을 갖고 있는데 그중에서도 엄마가 진짜 부러워하는 게 있으니 그건 바로 그가 영화에도 출연한 적이 있는 어엿한 배우라는 사실이다.

아실 거다. 천만 관객을 돌파한 흥행 대박 영화 〈괴물〉. 여기서 괴물 등장을 리포트 하는 '김원상 기자'가 그의 배역이었다. '지나가는 행인 1' 역도 아니고 두 차례나 등장했으니 진짜배기 배우라 할 만하다.

이것뿐이면 말을 안 한다. 언제, 어떤 총을 맞더라도 취재 잘하는 '혀슬기' 기자는 특히 경제 전문가. 어려운 경제 이야기를 쉽고 맛있게 풀어주는 실력자로 수만 부가 팔려나간 책 《김○○ 기자의 도시락 경제학》의 저자이기도 하다. 참 대단하죠 잉? (혀 짧은 목소리로…… ㅋㅋㅋ) 직장인이 점심 도시락처럼 쉽게 꺼내 먹을 수 있는 경제학 책이란다. 김○○ 기자는 이 인생의 도시락을 밑천으로 또 한 번 인기를 모으고 있다. 최근에는 KBS 인터넷 뉴스 〈머니뭐니〉 코너까지! 궁금하면 한번 들어가보시죠잉! (역시 혀 짧은 소리로, ㅋㅋㅋ……)

늘 어떤 일이든 적극적으로 노력하고 자신만의 영역을 만들어가는 김○○ 기자. 국민방송 KBS의 자랑이라고나 할까?

그런데 엄마는 지금까지 도대체 해놓은 게 뭡니까? 만날 '개 자식' 얘기나 하고요. 진짜, 엄마는 혀가 길어서 슬픈 기자 아니에요? "새봄아 고마 해라, 너는 혀가 길어서 한 게 뭐냐? 만날 시끄럽게 짖기만 하고…… 개 자슥!!!"

그 김○○ 기자 누군지 궁금하시죠?
바로 김원장 기자랍니다.
나중에 텔레비전에서 진짜 혀 짧은지 꼭 확인해보세요.

아! MBC 이진숙 기자요? ☆

엄마는 적군(?)의 방송에 아주 유능한 여기자가 있다고 말씀하셨다. 바로 MBC의 이진숙 기자. 짬밥은 엄마와 비슷한데, '무서운' 이라크 중동전을 현장에서 생생하게 취재한 용감한 여기자다! 그래서 이름만 들어도 다 아는 스타 기자로 주가를 올렸다.

그 당시 엄마는 경제부에 있었다. 취재원에게 전화로 "저는 KBS의 이재숙 기잡니다"라고 인사를 건네면 종종 돌아오는 친절하고 반가운 목소리!

"아! 이진숙 기자요? 잘 보고 있습니다."

차마 '짜증'을 낼 수 없는 일격을 맞은 엄마는 그때마다 부글부글 끓었다고 한다. 내색할 수는 없고 속으로만 '아니, 이 인간이 귀가 먹었나? KBS라는데 왜 갑자기 MBC 이진숙 기자를 들먹거리는 거야? 얼굴은 내가 훨씬 더 예쁜데' 하면서 말이죠…… ㅋㅋㅋ.

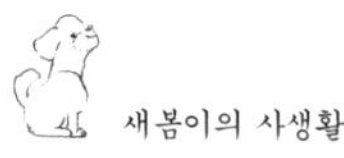

예전 아빠 직장 후배도 한때는 이진숙 기자가 아빠 마누라인 줄 알았다는 어처구니없는 일도 있었다니.

이진숙, 이재숙, 조금 헷갈리기도 한다.

우리 엄마도 그 당시 중견 기자로 활약하며 TV에 얼굴을 많이 들이밀었지만 전장에서의 이진숙 기자의 활약이 워낙 강렬했던지라 사람들의 뇌리에 그 기자로 묻혀 들어갔던 것이다. 그러니 엄마가 내세울 수 있는 건 다분히 주관적인 평가인 '얼굴'밖에 없었음을 이해한다.

엄마는 일 잘한 죄로 자신을 괴롭혔던 나쁜(?) 이진숙 기자를 만나보고 싶었지만 계속 서로 출입처가 달라 만날 기회가 한 번도 없었다.

그렇게 10년 이상의 세월이 흘렀고 드디어 작년 3월 짓궂은 비가 내리던 봄날, 우연한 기회에 이진숙 기자를 만나게 되었다. 다른 누구보다도 서로 반가워했다. 전화번호도 주고받고, 오래전부터 알고 지내온 사이처럼 즐겁게 말이다.

나이테가 점점 늘어가는 엄마는 적군의 방송기자지만 언제든 열심히 일하는 사람들의 모습은 아름답다고 말한다.

엄마는 상대 방송사 뉴스도 계속 모니터 하고 있어서 M본부와 S본부의 기자 이름까지 꿰고, 유능한 기자들에 대해서는 칭찬을 아끼지 않는다. 내가 평가하기에 우리 엄마는 확실한 '뉴스 지킴이'다. 평생 다른 일을 해보려는 꿈도 꾼 적이 없기 때문이다.

배운 도둑질이 기자질(?)이라며…… ㅋㅋㅋ.

2 _ 달려라, 울엄마

“새봄아! 언제 어디에 있든 자기가 맡은 일을 열심히 하면 되는 거 아니겠니?” 하시면서 내게 내리는 동병상련의 명령!

“이 녀석! 집이나 잘 지켜!! 쓸데없이 푼수처럼 아무 데나 대고 짖지 말고!!!”

새봄이의 사생활

씹었다면 입 안에 가시가 돋칠 거야

늘 긍정적인 사고를 강조하는 엄마도 가끔 불평을 늘어놓을 때가 있다. 퇴근 후 아빠에게 하루 일과를 쫑알쫑알 일러바치는 '정보 보고' 시간!

어떤 후배는 일은 잘하는데 성격이 까칠하고…….

어떤 후배는 성격은 좋은데 일이 거칠고…….

그런데 엄마가 '한 번이라도 씹었다면 입 안에 가시가 돋쳤을 거야' 라며 칭찬하는 후배가 있다.

정○○ 기자!

그 기자와는 9시 편집부와 경제부, 국제부, 문화부에서 네 번이나 같이 일해왔다고 한다. 몇백 명 있어도 한 번도 같이 일한 적 없는 기자가 수두룩하다니, 특별한 인연인 것은 분명하다.

정○○ 기자는 워싱턴 특파원 시절, 대형 사건이 생길 때마다 아침저

2 _ 달려라, 울엄마

녁으로 TV만 틀면 뉴스에 리포트가 나오는 것은 물론 밤을 꼬박 새우며 속보 기사를 써서 보내왔다. 눈에 헤드라이트를 켜고 각종 꼬부랑 통신과 사이트를 뒤지며 3년 내내 변함없이⋯⋯. (솔직히 영문 모르고 영문과 나왔다는 우리 엄마는 영어 울렁증이 있다. ㅋㅋ.)

보통 특파원들이 그곳 시간으로 퇴근하고 나면, 이후의 일은 대부분 서울 국제부 기자들이 맡아서 속보 기사를 처리해준다고 한다. 그런데도 정○○ 기자는 3년 내내 퇴근 후 집에까지 가서 이렇게 일에 열심이었다니 대단한 사람인 것 같다.

리포트 원고나 단신 기사 모두 핵심을 정확하게 파악하고 군더더기 없이 써서 고칠 곳이 없을 정도였다고 하니. 거기다가 듬직하고 잘생기기까지⋯⋯.

완소남에 워커홀릭! 잠 안 자는 열혈 후배 기자를 걱정하는 우리 아줌마 기자의 읍소!

"특파원은 시간 외 근무 수당도 없다니까요. 제발 빨리 잠 좀 자요. 또 출근하려면 일찍 일어나야 하잖아요!"

후배인데도 존경스러운 그 기자는 그렇게 '열씨미' 한 덕분에 특종도 여러 번 했다. 특히 지난해는 '현대사 비밀문서'를 취재 보도해 한국방송대상 국제보도상을 수상했다. 이런 기자가 KBS의 힘이라며 엄마는 칭찬을 아끼지 않는다.

일을 잘하는 만큼 정○○ 기자는 후배 기자들을 깐깐하게 가르친다고 한다. 대충 뭉개다가는 혼쭐이 난다고나 할까?

엄마는 그런 후배에게 고백한다.

"내가 먼저 회사에 들어온 거 보면 전생에 그대에게 죄를 많이 짓지는 않은 거 같네. 그대 밑에 있었더라면 골로 갈 뻔했는데 말이야."

근데 제가 다른 사람들한테 엄마 얘기를 하면 입속에서 뭔가가 자꾸 찌르네요, 가시인가? 좀 뜨끔하네요.

옷 좀 벗어주세요 ⭐

기자들의 업무가 다이내믹한 이유 중의 하나는 총을 자주 맞기 때문이란다. 갑자기 취재 아이템이 떨어지는 걸 방송기자들은 '총 맞는다'고 한다.

엄마도 초짜 때는 총알받이가 된 적이 많았다. 취재 내용에 따라 기자 스탠딩 즉, '세숫대야('얼굴'을 뜻하는 방송용 비속어)'를 내밀면서 현장에서 멘트 하는 것이 필요할 때가 있다. 그런데 출근할 때의 옷차림과 취재 내용이 전혀 맞지 않아 난감한 경우가 종종 있다고 한다.

이가 없으면……? 정장 재킷을 입은 덩치가 비슷한 선후배나 동료를 긴급 수배! 염치 불문하고 달려가서 SOS!

"선배, 죄송한데요, 옷 좀 벗어주세요!"

강제로 옷을 벗기다시피 해서 뻔뻔히 취재를 마치고 대출 받은 옷은 반납! 물론 엄마가 옷을 빌려줄 때도 있으니 상부상조하는 거라고 할

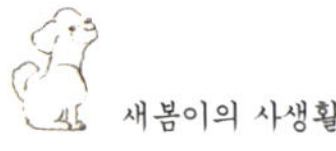

수 있다. 9시 뉴스는 그렇게 막았지만, 밤 11시 뉴스 생방송 출연까지 잡힌 날에는 아빠가 몸으로 때우는 수밖에.

지금은 뉴스에도 코디가 있지만 예전에는 꿈도 못 꾸던 시절이 있었다.

"여보, 내 옷장에 몇 번째에 걸려 있는 회색 재킷하고 셔츠도 갖다 줘, 미안~~~."

방송에는 대부분 상체만 나오기 때문에 아랫도리는 엉망이어도 상관없어서 상의 배달만 긴급 주문한다. 아빠는 귀찮고 싫었겠지만 성질 더러운 기자 마나님의 지시를 감히 거역할 수 없는 상황! 코디처럼 방송 의상을 회사까지 정성껏 갖다 바치곤 했다. 어쩔 수 없지 않은가? 뉴스 사고 날 텐데. 이럴 땐 집이 가까운 게 죄다.

아빠는 그럴 때면 차를 이용하셨지만, 만약 오토바이를 타고 어깨에 옷 둘러매고 달려가면 꼭 세탁소 아저씨나 퀵 서비스 맨으로 착각할 수도 있었을 것 같다. ㅋㅋㅋ.

까칠한 우리 엄마! 방송 고정 출연 때는 코디가 챙겨주는 의상에도 불구하고, '시청자에 대한 예의'를 지켜야 한다는 핑계로 가산을 탕진(?)했다는데.

1회 출연료가 2만 원인데 옷값은 무려……?

KBS 사장님!

우리 엄마 이제는 늙어서 맛이 갔으니까 세숫대야 못 내밀게 해주세요. 왜냐구요? 저희 집이 어렵기도 하고요, 언제까지 아빠를 부하처럼 부려 먹을지도 몰라서요…….

2 _ 달려라, 울엄마

이상한 병원 ⭐

엄마가 나쁜 사람으로 분류시키는 인간들 중의 하나가 아픈 사람 등쳐 먹는 자들이다.

과학부에서 의료 분야를 취재하던 시절, 이 '등쳐 먹는 사람'을 만났다고 한다. 엄마의 정의감에 불을 지른 것은 KBS 뉴스 시청자 게시판에 날아든 제보!

경기도 연천에 가면 개인병원이 하나 있는데 유명 대학병원에서도 못 고치는 관절염이 이 병원에서 주사만 맞으면 신기하게 낫는다는 소문이 퍼져 새벽부터 전국 각지에서 사람들이 몰려온다는 것이었다.

이 제보자에 의하면, 자기 어머니가 소문을 듣고 몇 개월에 걸쳐 그 병원에서 주사를 맞았다고 한다. 주사를 맞을 때는 날아갈 것처럼 하나도 안 아팠는데 결국에는 관절의 연골이 다 망가져서 인공 관절 수술을 받았다는 제보였다. 피해자는 50대 후반의 중년 아줌마! 아들이

이 병원을 수상히 여겨 글을 올렸던 것이다.

취재가 '꽝' 나더라도 일단 부딪혀보자는 심정으로 취재에 나서게 된 엄마! 제보 다음 날 새벽 4시 30분. 여의도 회사를 출발해 촬영기자와 함께 연천에 있는 문제의 병원으로 출격했다.

현장을 고발하는 취재는 '빼도 박도 못하는 증거'를 잡는 게 제1의 원칙! 왜냐하면 심증만으로 보도했다가는 상대방이 소송을 걸 수 있기 때문이다. 엄청난 손해배상을 청구하기라도 하면 골치 아파진다.

1월의 엄동설한 새벽 6시. 추위와 어둠을 뚫고 비밀스럽게 병원 건너편 여관 5층에 방을 얻은 후 창문을 통해 동태를 살피기 시작했다. 이미 병원 앞 도로는 웅성거리는 사람들로 가득했다. 아침 9시부터 나눠주는 번호표를 받기 위한 줄서기 전쟁이었다.

30분 정도 창문 너머로 지켜보다가 드디어 행동 개시. 몰카가 시작되었다. 촬영기자는 여관방에 숨어서 촬영하고 엄마는 핀 마이크를 보이지 않게 옷깃에 붙이고 몰래 인터뷰를 시도했다.

환자 보호자인 양 가장해서 몇 시에 어디서 어떻게 왔는지, 왜 이렇게 사람이 많은지, 정말 의사가 용한지, 주사는 몇 번이나 맞아봤는지 등등 물어보는데 이들의 눈초리가 도다리처럼 변해가는 필이 꽂혔다. 갑자기 멀쩡한 여자가 나타나 이것저것 캐고 다니니 오히려 수상히 여겼던 것이다.

위기를 느낀 엄마는 잽싸게 빠져나와 촬영기자와 함께 이번엔 주변 약국과 슈퍼에 들어가 탐문 취재한 후, 일단 철수를 결정! 꼬리가 길면

2_달려라, 울엄마

잡히기 쉽기 때문이다. 혹여 그 병원 사람들 귀에 들어가면 취재는 도로아미타불이 된다.

이튿날! 엄마는 새벽 4시 반에 다시 장도에 올랐다.

요령은 전과 동일! 2차 몰카 인터뷰!

의사가 어떤 주사와 약을 처방하는지를 알고 있는지, 주사를 맞았을 때 증상이 어떤지, 혹시 부작용은 없었는지…… 물어보고 다니는데 이게 웬일!

유심히 지켜보던 허름한 행색의 한 중년 남자가 다가와 퉁명스럽게 "옷에 붙은 거 뭐예요? 마이크 아닌가?" 하고 폭탄을 터트렸다.

주변 사람들의 시선이 일제히 찌리릿 엄마한테 꽂히면서 촬영 카메라가 어디 숨어 있는지 두리번거리는 게 아닌가?

잘못했다가는 문제의 의사 선생님을 맹신하는 환자들한테 잡혀 몰매 맞을 것 같은 예감!!

가슴이 철렁!!

얼렁뚱땅 "잘못 보신 거예요" 하면서 도망치듯 현장을 빠져나왔다. 이미 뉴스에서 몰카를 많이 본 사람들의 학습 효과에 걸린 것이다.

여관방에 잠시 머무르며 놀란 가슴을 쓸어내렸다. 촬영된 화면과 인터뷰를 돌려서 보고 난 뒤 '끝까지 해보자'는 결전의 의지를 충전!

3일째 되는 날, 이번에는 제보자와 함께 역시 새벽에 출발. 번호표를 받은 뒤 제보자가 진료를 받고 처방전을 얻기 위한 작전 개시!

엄마와 촬영기자는 카메라를 숨기고 환자 보호자처럼 자연스럽게 진료실 진입 성공.

엄마와 제보자가 자꾸 질문을 유도하면서 의사의 시선을 계속 잡아 두는 사이, 촬영기자는 병원 몰래 스케치…… 들킬까 봐 극도로 긴장한 가운데 드디어 처방전을 받아 병원 문을 탈출하는 데 극적으로 성공!!

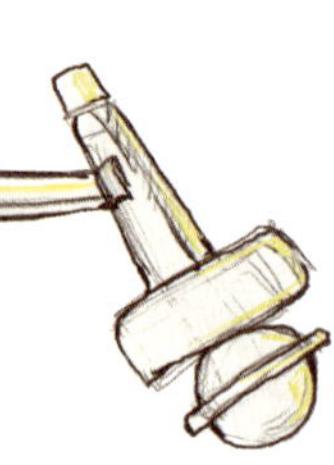

서로 얼굴을 쳐다보며 회심의 미소를 한 방 날렸다.

곧바로 병원 근처에 숨겨둔 취재차로 돌아와서 2차 작전 논의!

이번엔 우리 쪽이 강공을 펼칠 차례!

신분을 당당히 밝히고 의사를 독하게 공격!

반론과 피해자의 진료 카드 공개 요구!

또한 '만병통치(?)' 주사약 성분을 떳떳이 밝힐 것을 요구!

물론 의사는 엄마의 요구를 곱게 들어줄 리 만무했다. 방방 뜨면서 명예훼손과 손해배상 소송을 걸겠다는 협박 속에 언쟁이 벌어졌는데, 갑자기 의사 선생님이 진료카드를 들고 뒷문으로 도망쳐버리는 것 아닌가. 이런 화면이 생생히 촬영기자의 카메라에 잡힐 줄은 몰랐을 것이다. ㅋㅋㅋ.

추격전 끝에 다시 협상에 나선 의사! 자신이 쓰는 주사약은 전혀 부작용이 없는 성분이라고 주장했고, 그렇다면 주사약 성분을 직접 써달라고 해서 받아왔다. 그 의사 선생님은 엄마의 다음 계산을 간파하지 못하고 허점을 노출한 것이다.

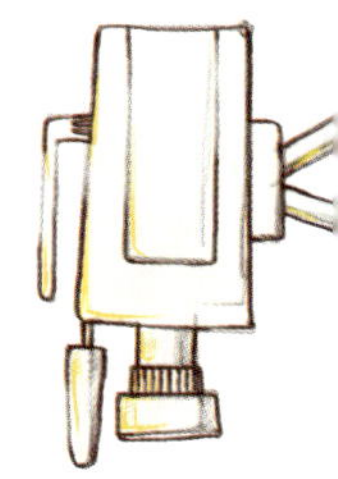

취재 4일째!

이번에 대학병원 정형외과에 찾아가서 검증 절차 밟다!

문제의 주사약 성분은 스테로이드 제제製劑였고, 이것을 남용해 자주 맞으면 오히려 연골이 상하는 등 치명적인 부작용을 불러온다는 교수님 인터뷰 완료!

스테로이드 주사를 맞으면 일시적으로 통증이 감쪽같이 사라진다고 한다. 이 점을 이용해 명의 행세를 하면서 어수룩한 노인들을 등쳐먹은 이상한 병원의 의사는 결국 9시 뉴스에 나가는 굴욕을 겪게 된다. 그 병원에서 진료 받은 환자들이 방송을 보고 놀라서 엄마에게 엄청 많이 문의 전화를 했다고 한다.

당시 엄마는 허리 디스크가 발병해 낑낑대셨다. 지금까지도 고질병으로 엄마를 괴롭히고 있다.

근데 우리 엄마! 연천 간 김에 만병통치 주사 한 방 왜 안 맞았는지 모르겠네요, ㅋㅋㅋ.

뉴스 라인업의 고민 ⭐

멋지고 섹시한 여성들의 몸매는 S라인, 우리 엄마 몸매는 A라인, 방울이 누나 몸매는 D라인, 내 몸매는 H라인이다. 이와 비슷하게 9시 뉴스도 '라인'이 있다고 한다.

어떤 뉴스를 제일 중요한 톱으로 낼지, 두 번째, 세 번째 뉴스는 어떻게 할지, 그다음에…… 마지막 꽁지 뉴스까지 50분 뉴스의 줄 세우기를 하는 작업이 뉴스 라인업이다. 또 톱뉴스는 몇 꼭지(리포트 숫자를 가리키는 방송용 비속어)로 만들지, 가르마(내용 정리 순서)를 어떻게 할지, 많은 고민과 토론을 거쳐 라인이 정해진다.

예를 들어, 북한이 '핵융합 기술 성공'을 발표했을 때 먼저 믿을 만한 뉴스인지 검증을 거쳐야 할뿐더러 톱으로 낼지, 몇 꼭지로 다룰지 냉정히 생각해봐야 한다는 것이다. 왜냐하면 신빙성이 떨어지는데도 주요 언론사가 민감하게 크게 다루어준다면 북한이 원하는 전략에 말

려 들어갈 수 있기 때문이다.

또 인터넷을 통해 모인 사람들이 동반 자살한 사건의 경우도 언론에서 무분별하게 키우면 오히려 자살을 부추길 수 있는 역효과를 내기 때문에 많은 고민을 거쳐야 한다.

그리고 부유층의 잘못된 소비 행태를 리포트 하면서 명품 상품으로 화면을 잘못 쓰다가는 오히려 상품이 광고되는 역효과를 가져올 수 있어 항상 신중할 수밖에 없다.

간혹 인터넷과 신문에서 크게 다룬 재미있는 뉴스라도 방송에 전혀 나오지 않는 것은 대부분 관련 화면이 없기 때문이다. 그만큼 방송 뉴스에서 그림은 필수적이라고 한다.

엄마! 결국 사람이나 '개 자식'이나 뉴스나 어떻게 라인을 잘 만드느냐가 성공의 관건이라는 이야기죠?

2_달려라, 울엄마

세수하~러 갔다가 물만 먹고 왔지요~ ⭐

기자들이 제일 싫어하는 게 '물먹는 거'라고 한다. 물 많이 먹으면 건강에 좋은데, 왜냐구요? '낙종'을 의미하기 때문이다.

엄마에겐 세게 물을 먹은 아픈 추억이 있다. 어느 토요일 밤 10시 30분쯤 별일 없겠지 하고 잠시 세수하러 간 5분 사이에 사달이 난 것이다. 엄마가 숙직 근무할 때는 '야간 당국 국장' 역할을 하면서 밤사이 발생하는 뉴스를 총책임지는 임무가 부여된다.

보도국장이 급히 전화를 걸어와 M본부와 S본부 모두 뉴스 속보 자막이 나왔는데 뭐 하고 있냐며 호통을 쳤다. 잠시 눈앞이 캄캄!! 급히 연합뉴스를 검색해보니 "○○○ 전前 ○○대학 총장 목매 숨진 채 발견"이라는 제목이 1보로 떠 있었던 것. 자살한 사람은 한 지방대학의 총장이었는데 비리에 관련돼 검찰 소환을 앞두고 있는 상황! 그래서 뉴스 속보거리가 되었던 것이다.

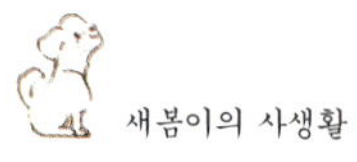

보통 때 같았으면 주요 기사가 뜨면 사회부 야근 기자가 야간 당직 국장한테 보고하게 마련이다. 그런데 이날 하필이면 기사 제목만 보고 그냥 단순 자살 기사로 판단하고 검찰 수사 대상자라는 것을 간과한 것이었다. 도둑이 들려면 개도 안 짖는다고 타사의 속보 자막도 제대로 못 보고, 끔찍한 상황이 벌어진 것이다.

1분 1초를 다투는 속보 전쟁에서 제일 꼴찌로 자막을 방송하는 굴욕!! 모든 것은 엄마의 책임!

사태는 최악의 상황이었지만 이럴 때 가장 중요한 것은 어떻게든 '반까이('만회'라는 뜻의 일본어로 방송 전문 비속어)' 하는 것이다.

1보 속보 자막은 물먹었지만 빨리 사건 관련 화면을 찍어 다른 방송사를 물먹이는 것만이 살길!! 두 번까지 물먹으면 이것은 죽음이라는 위기 의식이 발동했다.

일단 광주방송국 비상! 긴급 취재 지시!

전 ○○○ 총장이 광주의 자신이 살던 아파트에서 자살했기 때문에 아파트를 스케치하고 자살한 사람의 사진을 구하고 사건 경위를 알아내는 게 관건! 고맙게도 그날 밤 근무였던 광주 지역의 야근 기자들이 똘똘하고 야무지게 취재해주는 바람에 엄마는 극적으로 회생했다.

밤 11시 30분경 화면을 확보해 타 방송사보다 제일 먼저 뉴스 속보 방송을 열어 '반까이'에 성공한 것이다. 계속 물먹었으면 경위서 쓰고, 깨지고 할 뻔했는데……

엄마 왈, "물먹은 사람의 심정은 물먹어보지 않은 사람은 모른다."

     2 _ 달려라, 울엄마

속이 까맣게 타들어가는 그 심정을……

엄마는 그날의 굴욕이 반복되지 않도록 이후로는 숙직할 때 한 번도 세수를 하지 않았다고 한다. 지저분하더라도 그냥 화장한 얼굴로 밤새 버티는 것이다. 오! 불쌍한 우리 엄마!!

"세수하~러 갔다가 물만 먹고 왔지요~~." 갑자기 옹달샘 노래가 떠오르네요, ㅋㅋㅋ.

"김새봄!! 너 지금 뭐하나? 매를 벌고 있어요! 까불다 맞으면 덜 아프나? 개 패듯이 맞아볼텨?!!!"

엄마는 대학 시절 이대 입구에서 하숙 생활을 했다. 학생 열 명 정도가 함께 사는 하숙 전문집! 여학생들만 있는 금남의 집, 게다가 학년별로 쫙 깔려 있었기에 당연 군기도 확실했다.

하루는 4학년 왕언니가 후배들을 방에 불러 모아놓고 미팅 소식을 전하면서 대상자 선정에 착수! 상대는 태릉선수촌에 있는 국가대표 선수들! 당시 2학년이던 엄마는 왕언니와 같은 고향이어서 명을 거역하기는 어려운 상황이었다. 일요일 하루 태릉에 소풍 가는 셈 치면 못 갈 것도 없겠다는 편한 마음으로 다른 학생 네 명과 함께 태릉행을 전격 결정했다.

배나무밭이 있는 돼지갈비집에서 이루어진 국가대표들과의 상봉! 4월의 봄날, 운동선수와의 미팅은 난생처음이었다.

엄마의 파트너는 유도 국가대표 조○○ 선수! 당시 남자 측 주선자는 유도 국가대표 하○○ 선수! 나머지 남자 선수는 육상 선수 등등(기억이 가물가물~).

그 당시만 해도 운동의 '운' 자도 몰랐던 엄마는 덩치 큰 사람들과의 첫 대면에 그럭저럭 이런저런 호기심을 발동시키며 돼지갈비를 돼지같이 '열씨미' 얻어먹고 왔다.

그날의 미팅은 그렇게 끝났다.

국가대표 선수들은 국제 대회 출전 차 해외에 자주 나갔던지라, 한 번은 조○○ 선수가 홍콩국제대회에 갔다가 ○○ 콤팩트를 선물로 사와서 주선자였던 왕언니를 통해 엄마에게 전달했다. 좀 부담스럽긴 했지만 엄마는 성의를 무시할 수 없다는 핑계로 뻔뻔하게 접수해서 미모 관리에 잘 썼다고 한다. 그 후 연락 두절, ㅋㅋㅋ.

이후 스포츠에 관심이라고는 눈곱만치도 없었고 일자무식이던 엄마의 운명은 일대 전환기를 맞는다. 1986아시안게임, 1988올림픽 유치를 계기로 스포츠 붐이 일면서 KBS 스포츠 기자로 입사한 것이 1983년의 일이었다. 이어 한 해 뒤인 1984년 LA올림픽!

우리 선수단이 금메달을 무더기로 따오는 쾌거를 이룩하면서 난리가 났다. 성대한 귀국 환영행사는 공항에서부터 태릉선수촌까지 이어졌다. 장날이어서 태릉선수촌에 취재하러 간 엄마! 예전 미팅 주선자와 파트너를 이제는 인터뷰하게 된 것이다.

웃음이 나왔지만 기자로서 진지하게 업무 수행!

하○○ 선수는 금메달을 땄고, 조○○ 선수는 동메달을 획득한 스타!

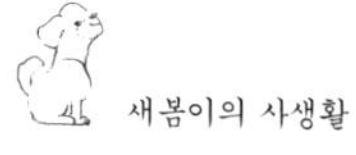

이렇게 만날 줄은 꿈에도 생각지 못했는데 두 번째 인연이 이어진 것이다. 그 뒤 엄마는 유도 담당이 아니었기 때문에 직접 만날 일은 없었다. 그때만 해도 유도는 여기자에게 어울리지 않는다는 편견 때문에 주로 체조나 수영 등 여성적인 종목을 취재했다고 한다.

나중에 알게 된 사실이지만 하○○ 선수와 왕언니는 결혼해서 스포츠 신문에 크게 실리기도 했다.

세월이 흐르면서 사회적 인식도 변해 엄마는 최초로 유도 담당 여기자가 되었다. 입사 8년 만에.

그 메달리스트들도 세월을 먹고 선수에서 대학교의 코치들로 변신! 어느 가을날 전국 대회가 열린 올림픽 유도 경기장에 취재차 갔다가 다시 조우! 처음엔 쑥스럽기도 했지만 서로 달라진 모습들에 반가워하면서 추억을 꺼내 재미있게 재회의 기쁨을 나누었다.

우리 엄마가 1996년 이후 스포츠국을 떠나 보도국으로 옮기면서 다시 만날 기회는 없었지만 그분들은 교수로서 후진 양성을 하고 있다.

엄마는 미팅을 열렬히 했던 '팅순이'는 아니었지만 비슷한 일이 또 있었다고 한다. 대학 때 미팅을 했던 남자가 어느 날 후배 기자로 들어온 것이다. 순간 과거를 들킨 듯 괜히 가슴이 철렁했다고 한다.

인연의 고리가 끊어질 듯하면서도 또 고리를 만들어가는 게 세상살이인가 보다.

엄마와 저의 징한 인연의 고리는 언제부터 시작됐을까요? 억겁의 윤회를 거슬러 올라가면 혹시 제가 개 주인 아니었을까요? ㅋㅋㅋ.

2_ 달려라, 울엄마

짤쑥이 ☆

"어머! 기자같이 안 보여요."

"성격 되게 좋아 보이세요."

"사막에 갖다놓아도 잘 사실 것 같아요."

처음 보는 사람들이 엄마에게 느끼는 첫인상들이다. 한마디로 '명랑 쾌활녀'라는 얘기.

하지만 엄마 입사 초기의 별명은 '짤쑥이'였다고 한다. 아시죠? 예전에 세탁기가 비쌌던 시절, 탈수 기능만 있었던 세탁기의 일촌 제품! 그만큼 눈물이 많았던 거다. 기자 초년병 시절 자신의 실수로 사소한 방송 사고라도 나면 펑펑!! 선배한테 깨져도 펑펑!!

어쩌면 푼수 같고 주책 맞을 정도였던 엄마는 오랜 직장 생활 속에서 산전수전에 공중전까지 겪다 보니 지금은 겉으론 그렇게 안 보이게 진화된 것이다. 하지만 여전히 우리 엄마는 짤쑥이 맞다. TV 프로그램보다가 가슴 찡한 사연을 가진 유기견들이나 사람보다 더한 모성애를 보여주는 동물 친구들이 나올 때면 이내 짤숙이 증상을 보인다.

"저런 동물보다 못한 인간들이 세상에 많다니까" 하면서 처음에는 그냥 눈물을 훔치는 수준이다가 혼자 '업'되어가지고 초상이라도 난 듯 '꺼이꺼이' 울 때도 있다. 그러면 다른 방에 있던 아빠는, 하루 이틀 있는 일이 아니어서 "이재숙!! 좀 고마 해라" 하며 지겹다는 반응을 보이신다. 아빠의 핀잔에 울다가 엄마는 눈물을 훔치고 우리 얼굴을 빤히 쳐다보신다.

원래 애들은 자기 엄마 우는 걸 제일 싫어한다. 나도 마찬가지다. 눈물 콧물 짓는 엄마 얼굴을 보면 괜히 민망하고 피하고 싶은 심정에 난감한 표정을 짓고 있을 수밖에 없다. 누난 더하다. 아예 자리를 피해버린다. 그럴 때 보면 엄마가 주장하는 '전생 유기견설'이 진짜 맞는 거 같다.

작년 초파일에는 후배 기자가 취재한 동자승 리포트를 보고 짤숙이가 됐다. 9시 뉴스에 방송되기 전 잘못된 곳이 없는지 미리 체크하던

'엄마! 그만 하세요, 지겨워요.'
혹시 착한 척하느라고 쇼하시는 거 아니겠죠?

중, 충북 괴산에 있는 무심사에서 수행하는 열다섯 명의 동자승 얘기를 보게 되었다. 동자승에 대해 속가의 시선으로 함부로 예단해서는 안 된다는 게 엄마의 생각이었는데도 두 달 전 출가한 네 살배기 막내 스님을 보는 순간 마음이 또……. 수행자의 삶이 가슴 아프기보다는 그 스님의 사연을 평생 잊지 못할 것 같다고 한다.

그 막내 스님은 엄마 아빠의 이혼으로 보호 시설에 맡겨졌다가 무심사 주지 스님이 입양하면서 불가와 첫 인연을 맺었다. 지금은 누나와 형들이 되어준 다른 동자승들이 있어 해맑은 미소로 뛰어다니며 잘 지내고 있지만 절에 처음 와서는 음식을 토할 때까지 계속 먹었다고 한다.

어린 마음이 얼마나 허했으면……. 자기 속내를 다 드러내지 못하고 그저 먹는 것으로 '허기진 사랑'을 채우려고 했던 것은 아닌지…… 막내 스님을 생각하면 엄마는 우리 같은 강쥐들한테 끔찍이 잘해주는 게 종종 '죄스럽게' 느껴질 때가 있다고 한다. 아무리 생명이 소중한들 동물이 사람보다 앞설 수는 없다는 생각에서다. 나도 그건 엄마의 생각에 '절대 동감'이다.

짤숙이 엄마는 한편으론 죄스러워서, 또 한편으론 그 막내 스님의 해맑은 미소가 가슴 짠해서, 또 찔찔거린다.

'엄마! 그만 하세요, 지겨워요.'

혹시 착한 척하느라고 쇼하시는 거 아니겠죠?

엄마, 나도 엄마 직업병 닮았나 봐요, 왜 이리 의심이 많은지 말이에요, ㅜㅜㅜㅜ.

○○○ 사관학교 ⭐

엄마 말씀이 예전에 보도국에 진짜 무서운 부장님이 계셨다고 한다. 뛰어난 실력에다 엄격한 탓에 그 부서의 기자들이 쩔쩔맸다. 물론 엄마도 그중 한 사람이었다.

그 시절에도 기사나 리포트 원고를 컴퓨터로 전송했지만, 그 부장님은 꼭 프린트해서 데스크를 보셨다.

완벽, 결벽 증세를 보였던 그분은 문장에 오타가 나거나 마침표 하나라도 빠지면 안 되는 것은 물론, 취재한 내용이 부실하면 무조건 다시 쓰라고 불호령! 어떻게 고치라는 지시 없이 무조건 퇴짜!

그렇게 하다 보면 기자들이 머리를 마구 굴려서 이렇게도 써보고 저렇게 써보고…… 낑낑대고 썼는데 또 퇴짜 맞고……. 엄마도 9시 뉴스 리포트 원고를 서너 번 다시 쓰는 것은 기본이었다. 그러니 스트레스가 이만저만 아니었다.

그 부장님은 진짜 화가 머리끝까지 나서 참을 수 없을 때는 충격적인 세리머니(?)도 했다. 프린트된 기사를 두 손으로 박박 찢어가지고 해당 기자의 책상에 뿌리기까지.

우리 엄마라고 별 뾰족한 수가 있었을까? 게다가 부장님은 워낙 깔끔해서 책상이 지저분한 꼴을 못 보셨다. 부장님 눈치가 무서워 나름 정리에 늘 신경을 썼지만 아무리 해도 정리가 안 되는 그런 스타일이 우리 엄마다.

하루는 취재 갔다가 오후에 들어왔더니 책상 위에 아무것도 남아 있지 않았다. 지켜보다가 화가 난 부장님이 확! 쓰레기통으로 깨끗이 정리해버리신 거다, ㅋㅋㅋ.

그래도 우여곡절 끝에 부장님의 깐깐한 데스크 관문을 통과하면 기사는 '완전히' 훌륭한 원고로 변신했다. 그만큼 전설적인 분이었다. 그래서 보도국에서는 ○○○ 사관학교만 졸업하면 어느 부서에 가든 무엇을 취재하든 잘할 거라는 정평이 났을 정도였다.

입사 이후 가장 혹독했던 시절이었지만 돌아보면 그 부장님 밑에서 엄청 깨지면서 많이 배웠기 때문에 지금의 내공을 갖추었다고 엄마는 말씀하신다. 늙어서 뒤늦게 철들고 보니 평생 잊을 수 없는 선배이시라고.

그분 영향을 받은 탓일까? 엄마도 무지 깐깐하고 후배들을 괴롭힌다고 소문난 거 같다는데…… ㅋㅋㅋ.

"후배들이 내 마음을 몰라주네" 하면서 토로하는 엄마에게 동료 기

2 _ 달려라, 울엄마

자가 하는 말.

"그때 욕하더니…… 그대로 닮아가는구먼."

ㅋㅋㅋ.

그러면 엄마는 못된 시어머니 밑에 못된 며느리????

　엄마가 스포츠 기자로 활약하던 1980년대 중반만 해도 스포츠 분야에서 여기자는 희귀 동물 수준이었다. 그 당시 전국체전은 한 해 스포츠 행사 중 일주일씩 고되게 취재하는 큰 대회였다. 지방에서 대회가 열리면 서울의 취재단이 원정 취재 갔을 정도로!

　광주에서 열린 전국체육대회 개막 전날, 서울 보도국의 스포츠 취재부가 먼저 현지에 내려갔고 엄마는 사정이 생겨 당일 출장을 가게 되었다.

　생전 처음 밟은 광주 땅!

　오후 3시쯤이었다. 개막식 행사에 대통령 참석으로 출입이 철저히 통제되는 바람에 할 수 없이 일단 숙소로 향했다.

　○○○장 여관! 그 당시 광주만 해도 숙박 시설이 열악한 데다 출장비도 쥐꼬리만 해서 주로 장급 여관에 단체로 투숙하는 형편이었다.

결혼도 안 한 처녀가 대낮부터 여관을 찾는 게 좀 민망했지만 '나는 기자니까' 심기일전한 후 택시를 탔다.

"아저씨, ○○동에 있는 ○○○장 여관으로 데려다주세요" 했더니, 기사 아저씨가 백미러로 힐끔힐끔 쳐다보는 게 영 마음이 편치 않았다.

기사 아저씨가 골목길을 헤매는 바람에 엄마가 사전에 들은 정보를 기억해 더듬더듬 설명을 해보았지만 전혀 도움이 되지 않았다. 지금처럼 내비게이션도 없던 시절이니 길을 헤매다 짜증이 난 아저씨, "아니, 지가 자고 나온 여관도 못 찾네" 하면서 한심하다는 듯 혀를 끌끌 차더란다. 순간 다혈질 엄마는 뚜껑이 열렸고.

서울 말씨의 젊은 여자가 대낮부터 여관을 찾고 있으니 '원정 온 직업여성' 정도로 착각했던 것이다. 스팀이 모락모락 나기 시작한 엄마가 정색하고 속사포처럼 쏘아붙였다.

"아저씨, 지금 뭐라고 하셨어요? 제가 그 여관에서 잤는지 안 잤는지 어떻게 아시죠? 왜 거길 가는지 알고나 말하시는 거예욧? 전국체전을 취재하러 온 KBS 기자예욧."

순간 깜짝 놀란 아저씨가 꼬리를 내리고 사과하면서 사태는 일단락됐지만, 20대의 혈기왕성 '이 기자'는 분이 풀리지 않았다.

"아니, 내가 어딜 봐서 그렇게 생겼단 말이야. 이런 무식한 아저씨가 다 있나? 내가 이놈의 광주 다시는 안 온다. 뭐 눈에는 뭐밖에 안 보인다고 하더니……."

택시에서 내린 뒤 야속한 여관 간판을 쳐다보며 죄 없는 광주까지 미워하면서 허공에다 독설을 퍼부었다.

'이 기자'의 굴욕(?) 사건은 이듬해 청주체전에서도 벌어졌다. 그 당시 청주 역시 광주보다 바닥이 더 좁아, 서울에 비하면 시골 수준이었다. 함께 출장 간 동료 기자들과 아침을 먹은 뒤 여관 근처의 조그만 동네 다방에 갔다. 일행 중에는 우락부락 인상이 험악한 아저씨 기자들이 있었고 엄마가 홍일점이었다. 오해 사기 딱 좋은 그림이었다.

아침 청소를 막 끝낸 티켓다방에서 마담과 여종업원에게 야쿠르트와 쌍화차를 시켜준 남자 기자들이 짓궂은 장난을 시작했다.

"이 아가씨 서울서 왔는데 어디 일할 만한 데 없나요?"

이에 말려든 마담 언니가 이 기자를 찬찬히 뜯어보면서 말했다.

"서울에서는 어디서 일했어요?"

어디까지 가나 보자는 식으로 일행 기자가 거들고 나섰다.

"여의도의 '대청마루'라는 한정식집에서 한 2년 일했어요."

(참고로 대청마루는 여의도 KBS 앞에 있는 식당이다.)

옆에서 듣고 있던 다방 여종업원이 면접 보듯이 거들었다.

"오토바이는 탈 줄 알아요?"

이에 질세라 '엄마 이 기자'도 쭈뼛거리면서 능청스럽게 대꾸했다.

"못 타는데요, 그러면 안 되나요?"

안타까운 듯 여종업원은 고개를 갸웃거리며 말했다.

"그럼 곤란해요. 장거리는 못 뛰잖아요."

마담 언니는 한 가닥 미련이 남은 듯, 몇 가지 더 미주알고주알 캐묻더니 결국엔 이 기자를 딱지 놓았다. 이 기자의 자존심과 허영심이 산산조각 나는 순간이었다.

다방을 나온 뒤에 한바탕 폭소가 터지고 이어서 계속되는 동료들의 얄미운 농담!

"아가씨, 인물이 너무 안 돼나 봐, 시골 다방에서도 안 먹혀! 오토바이 면허증 없어도 얼굴만 예뻤어 봐, 마담이 퇴짜 놨겠어? 청주에다 팔고 가려고 했는데 실패했네. 얼굴부터 고쳐야겠는걸, ㅎㅎㅎ."

"엄마! 그때 그렇게 인물이 아니었어요? 지금은 뭐예요? 화장발? 아니, 아니, 엄마 혹시……???"

"야, 난 자연산이야! 아빠한테 물어봐."

안 되면 되게 하라

‘안 되면 되게 하라.’

이 신념은 엄마의 직업병 중에 하나이다.

기자들의 군기가 무척 셌던 과거에는 위에서 취재 지시가 떨어지면 무조건 뉴스 시간 안에 해내야 하는 게 당연지사라, 지금은 격세지감을 느낀다고 한다.

엄마가 과학부 기자이던 1990년대 초반 어느 토요일 오후, 20대 여성이 무리하게 다이어트를 하다가 사망하는 쇼킹한 사건이 발생! 사회부에서 사망 사건 리포트를 하고, 뒤에 붙여서 왜 사망에 이르렀는지를 심층 뉴스로 제작하라고 총을 맞았다.

문제는 모두들 퇴근해버린 토요일 오후에 갑자기 관련 의사를 섭외해야 하는 것이었다. 가정의학과 의사 선생님이 필요했는데 개똥도 약에 쓰려면 없다고 그날따라 아무리 여기저기 전화를 해도 레이더망에

191

걸리는 의사가 없었다.

9시 뉴스까지 남은 시간은 이제 겨우 두 시간, 시간이 없어서 의사 선생님 집까지 갈 수는 없고 방송국으로 선생님을 모셔야 하는 상황. 드디어 구세주가 나타났다. 잘 알고 지내던 피부과 선생님이 가정의학과 의사를 겨우 찾아냈다. 감격의 통화가 되는가 싶었는데 이게 웬일? 마침 가운을 세탁기에 돌리는 중에 전화를 받았다며 세탁이 끝나려면 시간이 걸린다는 선생님 말씀.

그 당시만 해도 의사 하면 당연히 흰 가운을 입고 나와야만 '신원 보증'이 되는 것으로 여겨지던 시대였다.

다급한 우리 엄마!

"선생님, 진짜 죄송한데요,
세탁기에서 가운을 그냥 꺼내가지고
비닐봉지에 싸갖고 오세요. 빨리요."

"선생님, 진짜 죄송한데요. 세탁기에서 가운을 그냥 꺼내가지고 비닐봉지에 싸갖고 오세요. 빨리요."

선생님은 강남에서 여의도로 막힌 올림픽대로를 뚫고 헐레벌떡 달려왔다. 그사이 엄마는 인터뷰 배경 화면으로 병원 분위기를 내야 하므로 책꽂이와 난 화분 두 개를 급히 구해 세트를 급조했다.

물이 떨어지는 의사 가운을 비틀어 짠 다음에 수건으로 쓱쓱 문질러 반강제로 입히고 했던 인터뷰는 그날 9시 뉴스에 무사히 나갈 수 있었다.

시청자들은 알 수 없을 테지만 가끔은 이렇게 전쟁 같은 일이 화면 뒤에서 벌어진다고 한다.

엄마는 지금도 솔이 형이나 아빠, 그리고 우리 둘에게 지시(?)를 내렸을 때 좀 난감한 표정을 지으면, "왜 안 돼? 안 되면 되게 해야지", "이 세상에 안 되는 게 어디 있어", "하는 데까지 해보란 말이야" 하면서 버럭 화를 내기도 한다.

뭐, 우리가 부하라도 되는 줄 아시나?

힘든 직장 생활 하면서 그래도 엄마가 지금까지 버틸 수 있었던 힘의 원천은 '안 되면 되게 하라' 정신 아니었을까?

오늘도 직장에서 고군분투하는 엄마와 아줌마들을 위하여 크게 한 번 짖어드릴게요.

멍멍!

홧!!! 팅!!!

직업에 남녀 구분이 없어진 지 오래지만 남자 파출부('도우미'란 용어로 바뀌기 전이니까 그냥 쓰는 걸 양해해주시길!)가 뉴스거리였던 적이 있다.

우리나라 남자 파출부 1호, 신선 생생 뉴스였겠죠?

경제부 기자였던 엄마는 화제의 주인공을 '급수배'했다. 남자 파출부님이 일하는 날짜에 맞춰 섭외하고, 혹시 변심해서 배신하면 안 된다고 신신당부까지 해놓은 상태!

그런데 정작 배신한 것은 파출부님이 아니라 일할 집의 사모님이었다! 자기 집이 방송에 나가는 게 싫다는 거였다.

파출부님에게 혹시 다른 집은 안 되는지 알아보라고 부탁하였으나 왠지 하는 일마다 꼬이는 날이 있잖은가. 시간은 흘러가고…… 오후까지 섭외가 안 되자, 엄마의 '안 되면 되게 하라' 정신이 다시 발동!!!!

"어머니, 급한데요. 집에 앞치마 두 개 있죠? 김치 담그게 배추 두 포기 좀 얼른 사다 놓으세요. 청소기 작동 잘되는지 확인해보시고 요……."

다급한 엄마는 할머니께 자초지종을 설명하고 SOS를 쳤다.

"어머니, 할 수 없어요. 오늘은 우리 집에서 아줌마 대신에 남자 파출부를 써야겠어요. 4시까지 갈게요."

물론 할머니는 기자님(?) 며느리의 지시를 감히 거역할 수 없으셨을 거다. 그러니까 그날은 파출부님의 일터가 졸지에 우리 집이 되었다. 할머니도 내심 TV 출연을 기대하시며 열심히 기자님의 취재에 협조!

상상이 되시죠? ㅋㅋㅋ.

그날 밤! 할머니는 최초의 방송 출연을 잔뜩 기대하시며 9시 뉴스를 눈 빠지게 기다리셨다. 고모한테도 꼭 보라고 연락하셨고.

퇴근하고 돌아온 엄마.

"어머니, 뉴스 보셨죠? 어떠셨어요?"

그러나 할머니는 섭섭하신 듯했다.

"아니, 에미야, 나는 코딱지만큼 나오고 후딱 지나가서 뭐 나오는지도 모르겠더라."

속이 뜨끔한 엄마는 애교를 섞어 취재원인 할머니를 달랬다.

"에이, 어머니! 어머니가 주인공이 아니잖아요. 다음에 기회 있으면 또 출연시켜드릴게요, 호호호."

엄마가 그러는데 방송국에는 '자료 화면'이라는 게 많다고 한다. 예

를 들어, 겨울 감기철에는 ‘어린이의 개인위생’을 강조하는 기사나 리
포트가 나갈 때 많이들 보셨을 거다.

아이들이 이 닦고, 세수하고, 비누로 손 씻고…….

이런 자료 화면의 경우에 기자 집 자식들이 종종 들어 있다고 한다.
아무 집에나 가서 촬영하기 어려울 때는 자식이라도 동원해서 자료 화
면을 만들기 때문이다.

“엄마! 혹시 저는 ‘자료 화면’에라도 나갈 수 없나요? 인물 많이 따
져요? 나 정도면 충분할 텐데요…….”

(우리 동네에서 나만 한 인물 찾기 쉽지 않을 텐데요, ㅋㅋㅋ. ‘새봄이의 망
상’ 끝.)

2 _ 달려라, 울엄마

엄마의 진짜 직업병 ⭐

엄마는 집에서 뉴스를 볼 때 항상 텔레비전 두 대를 동시에 틀어놓고 본다. 집 안이 얼마나 시끄러울지 상상이 되시죠?

이 텔레비전이 왕왕왕, 저 텔레비전이 왕왕왕, 심지어 거실 텔레비전까지 왕왕왕…… KBS, MBC, SBS 뉴스가 저 잘났다고 떠들어댄다.

공부한다며 방에 있던 솔이 형! 시끄럽다고 소리 좀 줄이라고 성화다.

"너, 이 에미 직업병 있는 거 모르냐? 나 청각 장애야~~~ 안 들려서 그래욧!!" 하면서 엄마는 방문을 닫는다.

강아지들은 사람보다 청각이 수백 배 이상 발달됐다고 하지만 텔레비전 두 대가 떠들면 눈 - 눈 따로, 귀 - 귀 따로가 안 되는데, 엄마의 눈귀는 신기할 뿐이다.

엄마가 왜 그렇게 보냐구요? 적군의 방송이 무슨 뉴스를 하는지 모니터하기 위해서다.

‘물먹은 거(낙종)’ 없나 체크하기 위해서 회사에 안 나가는 날도 그러고 있다.

그런데 이제는 아빠도 다윈의 이론대로 진화를 하고 있다. 나 참! 처음엔 정신없다고 하던 아빠도 기자 마누라님의 지시를 받고 뉴스 두 개를 동시에 모니터! 이건 K본부가 좋았고 이건 M본부가 낫다는 둥 시청자로서 의견을 얘기해준다. 심지어 이제는 S본부 뉴스를 보면서 다른 텔레비전으로는 영화를 볼 정도가 됐으니까, ㅋㅋ.

엄마는 회사에서도 늘 이렇다. 책상 위에는 출근과 동시에 밤에 퇴근할 때까지 두 대의 텔레비전이 계속 지껄이고 있다. 이건 엄마만의 문제가 아니고 보도국 기자들이 죄다 그렇다니…….

보도국이니 오죽 텔레비전이 많겠냐구요.

그렇게 20년 이상 지내다 보면 귀라고 제정신일까? 그래서인지 전화 받을 때도 엄마 목소리가 커지는 것은 당연지사! 솔이 형은 무식해 보인다며 목소리 좀 작게 하라고 잔소리, 잔소리…….

컴퓨터 모니터도 하루 종일 들여다보게 되는 엄마는 안구 건조증이 심해져 눈은 뵈는 게 없어지고 목은 거북목이 되고…… 직장 생활 끝에 남는 것은 시력장애, 청각장애, 성격장애까지…….

이것 말고도 수년간 엄마와 살면서 내가 종합 진단한 엄마의 직업병은 여럿 있는데, 약을 쓸 수 없는 거의 불치병 수준이다.

2 _ 달려라, 울엄마

1. 한 소리 또 하고 또 하고, 확인하기

2. 이해했냐며 물어보고 또 물어보기

3. 의심하고 또 의심하기

4. 잘못 걸리면 마구 다그치기

5. 논리 들먹이며 따지고 또 따지기

6. 갑자기 버럭 화내기

7. 휴대폰 진동 소리 '환청'에 시달리기

8. 미친 듯이 밥 빨리 먹기

9. 가족들 부하처럼 부려먹기

……

웃지 못할 방송사고 ⭐

방송도 사람이 하는 일이라 아무리 조심해도 사고가 날 때는 속수무책이라고 한다.

다음은 엄마가 기억하는 몇 가지 방송 사고.

사고 1

5월 어느 화창한 봄, 낮 최고 기온이 여름철에 육박할 정도로 무더웠고 전국이 나들이 인파로 북적이던 날이었다. 그날 저녁 7시 제1라디오 뉴스, 언제나 그렇듯이 아나운서가 마지막 기사로 날씨 기사를 읽었다.

"날씨입니다. 내일은 서울 경기를 비롯한 전국에 눈이 내리는 가운데 기온이 영하로 떨어지겠습니다. 예상 적설량은 강원 산지에 3에서 10센티미터, 경기 남부와 충청, 경북 북부에 2에서 7센티미터, 서울과

2 _ 달려라, 울엄마

경기 북부, 강원 영서 지역에 1에서 5센티미터입니다. 기상청은 앞으로 눈발은 더욱 강해지겠고, 강원 영서와 남부 내륙 지역에도 많은 눈이 오는 곳이 있겠다고 예보했습니다. 기상청은 눈과 함께 밤사이 내륙 지방에선 기온이 영하로 떨어지겠다며, 빙판길 교통안전에 유의해 줄 것을 당부했습니다. 뉴스를 마칩니다.”

ㅋㅋㅋ, 듣고 보니 영 이상하다. 5월 봄날에 추위와 눈 예보 기사가 나가다니, 웃지 못할 해프닝이 벌어진 기다.

전 국민을 깜짝 놀라게 한 이런 엄청난 방송 사고가 어떻게 일어날 수 있을까? 요즘에는 기사와 큐시트를 컴퓨터 프로그램에 따라 작성한다고 한다. 하루 동안 각 부서의 기자들이 쓴 수많은 기사 중에 라디오 뉴스 PD가 7시 라디오 뉴스에 나갈 기사를 선정하면 뉴스 AD가 해당 기사를 출력한다. 그런데 보도국에 들어온 지 얼마 안 된 뉴스 AD가 그만 날씨 기사의 날짜를 잘못 입력하는 바람에 엉뚱하게도 겨울 날짜의 기사가 출력되어 아나운서에게 그대로 전달된 거다. 그동안 이런 사고가 한 번도 없었기에 설마 잘못 출력됐을 거라고는 누구도 생각지 못했다고 한다.

문제의 기사를 읽은 아나운서도 기사가 이상하다고 생각했지만 ‘지구 온난화 때문에 날씨가 변덕스러운 경우가 많아서 내일은 갑자기 영하로 내려가나?’ 하며 의심하지 않았다. 그럴 수도 있겠다는 생각이 든다.

하루는 라디오 뉴스 앵커가 "오늘 뉴욕에서 열린 한미 간의 협상 소식은 ○○○ 기자가 보도합니다"라고 멘트를 한 뒤 점잖게 방송이 흘러나갔다.

"네, 한미 두 나라 대표는 그동안 쟁점이 됐던 ○○○와 관련해 직접 대화를 나눴지만 협상이 난항을 겪으면서 합의점을 찾지 못했습니다. 이에 따라 두 나라 대표는(순간 버벅거리며) 아이씨, 오늘따라 왜 이리 씹지, 다시 할게~~~~~~~~~~~~."

순간 현장 생방송을 진행하던 스태프들이 놀라서 바로 스튜디오로 넘길 수밖에 없었고 앵커가 '급사과 방송'을 하는 사고 발생.

지금은 라디오 뉴스에 나갈 기자들의 리포트를 디지털 프로그램의 오디오 파일로 녹음해서 전송하지만 사고 당시만 해도 구닥다리 '릴 테이프'로 녹음했다고 한다. 취재 현장에 나간 기자가 전화를 걸어오면 수신자가 릴 테이프를 기계에 걸어 녹음을 받는다.

"자! 녹음 들어갑니다. 하나, 둘, 셋, 하면 5초 후부터 읽으세요."

이런 과정을 거쳐 녹음하는데, 릴 테이프는 편집이 안 되기 때문에 원고를 읽다가 한 번이라도 틀리면 앞에 읽었던 녹음을 깨끗이 지우고 처음부터 다시 녹음해야 한다. 미국에 출장 간 기자가 시차가 바뀐 데다 취재하느라 피곤한 상태에서 녹음하다 보니 자꾸 NG는 나고 짜증도 났을 터. 방송 시간에 쫓긴 서울의 수신자가 마음이 급해져서 NG 난 부분을 깜박 잊고 지우지 않은 채 그 위에다 계속 녹음을 받는 바람

에 일어난 어처구니없는 사고였다. ㅋㅋㅋ.

방송 사고의 백미(?)는 생방송 전화 연결에서 나온다고 한다. 지방에서 한창 파업의 여파가 커지고 있는 가운데 노사 양측이 협상을 벌이고 있는 상황, 이번엔 생生으로 직접 전화를 연결했다.

앵커: ○○○ 기자?

기자: 어! (귀찮다는 듯)

앵커: 노사 간에 파업이 타결됐습니까?

기자: 아니. (무성의하게)

앵커: 그러면 앞으로 어떻게 될 거 같습니까?

기자 : 몰라. (왜 나한테 물어보냐는 듯)

이 엄청난 사고는 인터넷에서도 화제가 되었다.

사고의 전말은 이렇다. 생방송 전화 연결을 할 때는 기자에게 미리 전화를 걸어 스탠바이 시킨다. 보통 여유 있게 10분에서 5분 전에 스탠바이 한다. 당시 그 기자도 스탠바이 중이었는데 하필이면 그때 다른 사람에게서 휴대전화가 걸려와 대화를 나누었고, 그 대화가 마침 그때 연결된 생방송에 그대로 나간 것이다. 게다가 기자의 대답이 앵커의 질문과 묘하게 맞아떨어지는 해프닝이 발생했으니 대단한 우연

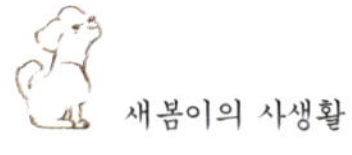

이 아닐 수 없다.

이런 사고는 한 번도 일어나기 힘든 우연이 몇 번 연이어 맞아 떨어져야 발생 가능한 참 드문 경우라고 한다. 정말 욕이나 이상한 말이라도 나왔으면 큰일 날 뻔했던 아찔한 사고였다.

한번은 이런 일도 있었다. 검찰 수사와 관련해 기자와 전화 연결을 했다.

"○○ 기자 검찰 속보 전해주시죠!!"

그런데 기자는 대답을 안 하고 계속 침묵, 놀란 앵커가 "○○○ 기자, ○○○ 기자, ○○○ 기자" 하면서 몇 번이나 애타게 불러보았지만 대답이 없어 전화 연결이 무산되었다. 알고 보니 그 기자는 연일 계속되는 검찰 수사를 취재하느라 밤새우기 일쑤였고, 너무 피곤한 나머지 전화 연결 스탠바이 중에 깜빡 잠에 곯아떨어졌던 것이다.

방송 사고는 나지 말아야 하지만 세상에 재미있는 게 불구경이듯 방송 사고도 가끔은 시청자에게 재미를 주기도 한다. 1년 내내 하루 24시간 쉬지 않는 뉴스를 위해 뛰어다니는 방송기자들을 위하여 새봄이가 응원합니다, 홧팅!!!

2_ 달려라, 올엄마

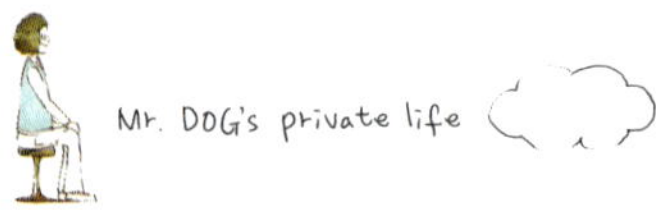

Mr. DOG's private life

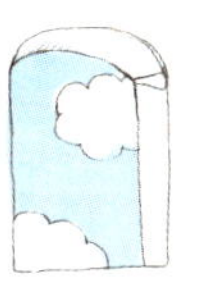

3부
내 친구를 소개합니다

못다 한 사랑 ⭐

나에겐 아직도 잊지 못하는 여자 친구가 있다.

그녀의 이름은 뚱땡이!

잠깐 이 대목에서 짚고 넘어갈 게 있다. 내 글에 요상한 친구들 이름이 많이 나오는데, 전부 실명이다. 나는 자작극은 안 한다.

여하튼 뚱땡이의 얼굴은 반듯한 도시락 사각형에 시커멓고 거칠지만 매력적인 피부, 섹시한 주름투성이, 다리미로 살짝 눌러놓은 듯했다.

몸매는 푸근하니, 이름 그대로!!

엄마는 인물이 영 아니라고 했지만 딱 내 스타일이었다.

그녀가 자기 엄마와 함께 아파트 정자에 놀러 나오면 나는 8층 우리 집에서 졸다가도 귀신같이 알아차렸다. 우리 사이의 물리적 거리는 나 같은 개 코에게는 결코 장애가 될 수 없었다. 나는 그녀 목소리의 미세한 떨림, 풋풋한 땀내를 언제 어디서고 잡아낼 수 있었다. '파워 오브

러브'가 이런 걸 말하는 것이겠지.

뚱땡이의 등장이 나를 안달 나게 하는 건 당연지사!

사방팔방 왕복달리기 하며 발광하기, 베란다 유리창에 머리 들이받으며 자해하기, 징그러운 신음 소리 '끙~끙, 헉~헉' 내기 등등, 내 앙탈과 호소에 할머니나 엄마는 열일 제쳐놓고 외출 준비를 할 수밖에 없다.

그녀를 만나러 가는 몇 미터가 왜 그리도 멀기만 하던지.

엘리베이터 문이 열리는 순간, 나의 발은 총알이 되어 날아가고, 내 속력을 따라잡지 못하는 할머니는 목줄을 놓을 수밖에 없다.

사랑의 콩깍지가 씐 나는 뚱땡이와 둘만의 행복한 탐색전을 벌인다. 그녀의 등 뒤에 올라가서 이제 본론으로 들어가볼라 치면 가시 돋친 외마디가 귓전에 꽂힌다.

"안 돼!!"

뚱땡이 엄마는 독수리가 먹이를 낚아채듯 뚱땡이를 얼른 안아 올린다. 이렇게 뚱땡이 엄마가 뚱땡이를 들었다 놨다 반복하다 보면, 젠장! 우리의 사랑놀이도 '안 돼'로 끝나는 악순환의 반복!

안타까운 그녀와의 만남은 이렇게 몇 달간 소득 없이 지속됐다.

"할매~ 좀 어떻게 다리 좀 놔봐, 나 죽겠어."

내 처지를 딱하게 생각한 할머니는 어느 날 뚱땡이 엄마에게 정식으로 프러포즈했다. 그때 나는 그저 할머니 뒤에서 쭈뼛쭈뼛, 몸을 배배 꼬고 있어야만 했다.

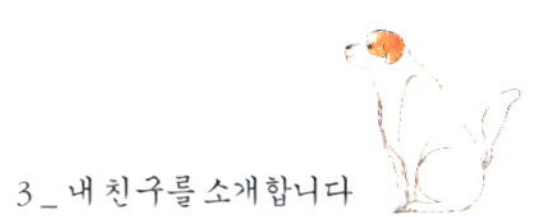

3 _ 내 친구를 소개합니다

"뚱땡이 엄마! 우리 새봄이 자식 하나 낳아주게 하면 안 되겠어? 저렇게 좋아하는데 안쓰러워서 말이야."

그러나 세상은 냉정했다.

"할머니, 무슨 말씀이세요? 우리 뚱땡이는 순종이고요, 새봄이는 잡종이잖아요. 안 돼요. 그리고 뚱땡이는 군대 간 아들이 맡겨놓고 간 거라서 제 맘대로 할 수도 없구요. 우리 아들도 싫어할 거예요."

그날 할머니와 나는 만신창이가 된 몸을 이끌고 쓸쓸히 집으로 돌아왔다. 이 소식을 전해 들은 엄마는 홧김에 말을 쏟아낸다.

"어머니, 저도 뚱땡이는 며느리로 싫어요. 얼굴도 못생긴 게! 눈 밑은 다크서클처럼 시커멓고! 그냥 새봄이가 하도 좋아해서 내버려뒀는데, 개 엄마 너무하네요. 우리 새봄이가 어디가 부족해서 그래요? 내

눈에는 우리 동네에서 이만한 애가 없는데 말이에요. 야, 새봄아, 너도
마음 접어라. 뚱땡이가 뭐가 좋아! 쟤보다 예쁘고 날씬한 애들 지천에
깔렸어.”

하지만 엄마의 어떤 말도 나에게 위로가 될 수 없었다.

밤새 “이놈의 더러운 세상…… 더러운 세상……” 하고 한탄하다 동
틀 녘에야 잠들었다.

그 후로 뚱땡이 엄마는 나를 만날 때마다 슬금슬금 피하는 눈치였다.

뚱땡이를 만날 수 있는 기회가 점점 뜸해지는가 싶더니 어느 날부턴
가 아예 그녀의 모습은 동네에서 보이지 않았다. 나중에 들은 얘기로
뚱땡이 아빠가 강쥐를 별로 좋아하지 않으셨단다. 그래서 뚱땡이 부모
님은 자주 다투었고 그녀는 결국 엄마의 친정인 시골로 보내졌다고.

뚱땡이와의 결혼을 반대한 그녀의 엄마도 야속하지만, 뚱땡이 아빠가 더 밉다.

병원 수첩에 나는 믹스Mix견으로 표시된다. 누나도. 요즘 글로벌이네, 다문화네, 말들 많으면서 왜 사람들은 우리를 개무시할까요? 흑흑!!

나는 믹스견을 무조건 사랑해주는 엄마와 가족을 위해 효도견으로 거듭날 것을 결심했다.

아! 지금도 보고 싶은 뚱땡이! 어디서 뭐 하니?

그래도 나는 너를 잊지 않을 거야 ! 사랑해!! 흑흑흑…….

내 친구 '청이' ⭐

옛 친구 '청이'가 문득 문득 생각난다. 갈색 곱슬털에, 나이는 나보다 한 살 많은 다섯 살 푸들이었다.

청이 아빠도 우리 부모님처럼 그애한테 지극 정성이셨다. 매일 아침 청이를 데리고 우리가 사는 당산동 아파트에서 안양천까지 산책을 다녀오셨다. 본격적인 출발에 앞서 기본으로 준비 체조를 하시곤 했는데, 그때 나는 잠시 청이를 만날 수 있었다.

청이는 나처럼 극성스럽지 않고 아주 순했다. 역시 청이 아빠 엄마도 순한 분들이었고, 나와 누나를 예뻐하셨다.

그런데 청이의 눈은 나를 늘 슬프게 했다. 시력을 잃어 거의 볼 수가 없었기 때문이다. 백내장에 걸린 줄 모르고 방치하는 바람에 그렇게 됐다고 한다. 이때 엄마는 강아지들도 녹내장, 백내장에 걸린다는 사실을 처음 알았다.

3 _ 내 친구를 소개합니다

청이는 그 후유증으로 앞을 잘 보지 못할뿐더러 항상 눈물을 흘려 눈 밑 털이 많이 젖어 있었다. 눈동자도 백내장 때문에 예쁘지 않았지만 우리 모두 청이를 한결같이 사랑했다. 나와 우리 가족에겐 그런 건 문제가 되지 않았으니까.

내 친구 청이는 냄새만으로 우리를 알아보고 반가워했다.

그런 청이 아빠에게는 또 다른 고민이 있었다. 청이 엄마 아빠는 맞벌이를 하기 때문에 두 분이 퇴근할 때까지 집에 아무도 없다고 했다. 빈집에 혼자 남은 청이가 하루 종일 저녁때까지 계속 울었던 거다.

강아지를 좋아하지 않는 사람들에게 청이의 울음소리는 얼마나 괴로운 소음으로 들렸겠는가. 경비 아저씨를 통해 계속 항의가 들어왔다. 이때마다 청이 아빠와 엄마는 어떻게 해야 할지 몹시 힘들어하셨다. 그렇다고 이사 갈 수도 없는 형편이었다.

이웃에 강아지를 싫어하는 사람과 같이 사는 건 정말 힘든 일이다.

어느 날 아침, 청이 아빠 곁에 청이의 모습이 보이지 않았다. 나는 순간 가슴이 철렁했다.

"안녕하세요! 그런데 청이는 어디 가고 혼자 나오셨어요?"

엄마의 인사가 차가운 아침 공기를 타고 흘렀다.

"시골로 보냈습니다."

청이 아빠의 목소리엔 슬픔이 묻어 있었다.

"어머, 그러셨어요? 속상해서 어떡해요?"

나는 언젠가는 이런 날이 올지 모른다는 불길한 생각이 들곤 했었지만, 막상 현실이 되니 머리는 멍하고 가슴은 먹먹해졌다.

청이 아빠는 엄마의 위로가 별로 도움이 되지 않았는지 바삐 운동하러 가는 것처럼 슬픔을 뒤로 남긴 채 얼른 뛰어가버리셨다.

"방울아, 새봄아, 청이는 왜 그렇게 울어가지고…… 쯧쯧…… 엄마도 무지 속상하네."

그러고는 나와 누나를 꼭 껴안았다.

쉽사리 이해 못 하는 사람들도 많겠지만 나와 내 친구들은 절절이 이해할 수 있다. 매일 집에 혼자 있어야 했던 청이의 외로움을! 청이 엄마 아빠의 사랑이 컸기 때문에 청이의 외로움 역시 더 컸을 것이다.

그렇게 청이가 수원으로 떠난 후 어느 날 아침, 운동 나오신 청이 엄마를 만났다.

"새봄아, 방울아, 잘 지냈지?" 하면서 우릴 반갑게 맞아주셨다.

물론 나도 반가운 마음을 꼬리에 실어 살랑살랑 흔들었다.

그런데 엄마가 눈치 없이 쓸데없는 질문을 하시는 거 아닌가?

"청이 잘 살고 있죠?"

그 순간 내 몸을 쓰다듬어주던 청이 엄마 눈에서 굵은 눈물방울이 뚝! 뚝! 떨어졌다. 꾹 참아내고 있던 아줌마의 슬픔을 엄마가 건드리고 말았던 것이다.

"어머, 죄송해요."

엄마의 눈시울도 금세 붉어졌다.

청이를 못 본 지 벌써 햇수로 3년째다. 여러 명의 친구들이 우리 아

3_내 친구를 소개합니다

파트를 떠나 이사를 갔지만, 나는 청이의 슬픈 눈을 잊을 수가 없다.
'청이야, 사랑해!!'

청이 아빠는 매일 아침 공원에서 운동을 하신다. 그러고는 전날 밤에 다른 사람들이 어질러놓은 쓰레기를 일일이 다 치우고야 집으로 돌아가신다. 이를 보신 아빠가 말씀하신다. "멀리서 찾을 거 없다. 저런 분이야말로 우리의 스승이야. 청이가 제 아빠를 꼭 닮았던 거 같지?"

앞집 할아버지 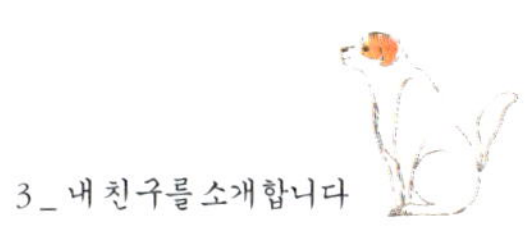

우리 아파트는 계단식이어서 앞집과 마주 보고 있다. 몇 년 전 앞집으로 점잖으신 할머니 할아버지 두 분이 이사 오셨다. 그 후 얼마 지나지 않은 어느 날! 엄마와 우리는 아파트 정자에 앉아 계신 앞집 할아버지를 만났다.

"안녕하세요, 할아버지?"

엄마가 반갑게 인사를 건넸다.

"어이구, 개 새끼가 두 마리나 되네. 아파트에서 개 새끼들을 어떻게 키우지? 개 새끼들은 털도 많이 빠질 텐데……."

아니, 이 할아버지는 말끝마다 '개 새끼, 개새끼' 하시는 게 아닌가?

아직은 '안면발'을 제대로 트지도 못한 엄마! 얼굴을 찌푸리지도 못하고 꾹 참으면서 우리를 데리고 집으로 들어오셨다. 이미 속이 상할 대로 상한 엄마, 할아버지의 망언을 식구들에게 재연까지 해가며 고자

3 _ 내 친구를 소개합니다

질하는 것은 당연지사!

이후에도 할아버지의 망언은 중단되지 않았다.

그럴 때마다 아빠와 할머니는 "노인네 말투가 다 그렇지 뭘 그걸 갖고 그러냐? 이해하라"며 성질 나쁜 엄마를 타이르셨다. 내심 사고 칠까 봐 걱정되신 거다.

엄마의 인내심은 두 달을 넘기지 못했다. 물론 앞집과 좋은 외교 관계를 구축하면서 호시탐탐 기회를 노린 거다.

이번에도 정자에서 앞집 할아버지와 맞대면!

"개 새끼들이 많이 먹나? 살이 피둥피둥해진 거 같아?"

방울이 누나 쪽으로 보면서는 "저 개 새끼는 새끼를 밴 건가? 뚱뚱한 건가?" 하시며 엄마의 심기를 건드렸다. '처녀한테 임신이라니' 방울이 누나도 심사가 편치 않은 듯 보였다.

"할아버지, 왜 애들을 부르실 때마다 개 새끼라고 하세욧?"

"아니, 개 새끼니까 개 새끼라고 부르는 거지!"

일순간 날카로운 신경전에 누나와 나는 잔뜩 겁먹었다. 그러나 뜻밖에도 엄마가 먼저 살랑살랑 강아지처럼 꼬리를 흔드는 게 아닌가?

"할아버지~~~~~~~~ 애들도 이름이 있잖아요~~~~? 방울이, 새봄이요. 듣는 개 새끼들도 기분 나쁠 텐데 다음부터는 이름 불러주시면 안 되용? 부탁드려용~~."

그 후로 할아버지는 우리 이름을 불러주셨고 더욱 돈독한 이웃사촌으로 발전했다.

이북이 고향인 할아버지는 무뚝뚝한 것 같지만 정이 깊으신 분이었다. 특히 방울이 누나는 점잖다며 볼 때마다 칭찬하셨다.

"어유, 방울이는 꼭 사람 같아, 새봄이 요놈은 까불까불하는데……."

유난히 소리에 예민한 나는 앞집에 사람들이 드나들 때마다 목청 높여 짖어댄다. 그럴 때마다 엄마는 "왜 이러니? 너 미쳤니? 짖지 마! 앞집이야, 앞집" 하며 구박하셨고, 할아버지 할머니와 마주치면 "시끄럽게 해서 죄송해요"라는 말을 달고 살았다.

그럴 때마다 할아버지는 나를 감싸주셨다.

"이 녀석들이 그래도 사람 들고 난다고 아는 척해주니까 좋은데, 뭘? 쟤들 안 짖으면 섭섭해."

그러던 작년 가을 어느 날, 나는 새벽에 앞집 할아버지 할머니 인기척이 들려 짖어대기 시작했다. 다른 날과는 조금 다른 소리가 나기에 더욱 크게 짖었다. 엄마는 비몽사몽간에도 놀라신 듯 강제로 나를 이불 속에 파묻었다. 그리고 짜증스럽게 혼을 내셨다.

"시끄러워! 짖지 마, 앞집이야, 앞집!"

할머니는 물론, 잠귀가 어두운 아빠마저 깨셔서 애꿎은 엄마에게 화살을 돌렸다.

"쟤 갑자기 왜 저래? 어떻게 좀 해봐. 다른 집 사람들 다 깨겠다."

그렇게 한바탕 잠을 설친 그날 아침! 7시 30분쯤 앞집 할머니에게서 걸려온 전화!

평소 고혈압이던 할아버지가 새벽에 쓰러지셔서 119 앰뷸런스에 실려 병원에 갔는데 그만 돌아가셨다고…….

엄마와 아빠, 할머니와 솔이 형까지 우리 가족은 모두 망치로 뒤통수를 한 대 맞은 듯 멍해졌다. 나와 방울이 누나는 '얼음 땡' 걸린 강쥐처럼 식탁 아래 잔뜩 웅크리고만 있었다. 아침 산책 때마다 만나면 반갑다고 꼬리를 흔들어드린 앞집 할아버지가 갑자기 가시다니…….충격이 큰 사건이었다.

놀라 당황한 가족들은 앞집 할머니한테 죄송하다는 말을 연발하며 왜 우리를 깨우지 않으셨냐고 했고 모두가 죄인이 된 분위기였다.

한동안 이어진 침묵을 깨고 할머니께서 내 머리를 쓰다듬으며 말씀하셨다.

"우리 새봄이가 사람보다 낫다. 할아버지 가신다고 새벽에 그렇게 짖었구나. 우린 그것도 모르고……."

식구 중 가장 나이 많으신 할머니의 충격이 제일 크신 듯했다.

할머니와 엄마, 아빠가 할아버지 빈소에 가셨지만 따라갈 수 없는 누나와 나는 무거운 마음을 떨칠 수가 없었다. '마지막으로 인사를 드렸어야 하는데…….'

할아버지가 떠나신 지 꼭 1년이 지났다. 혼자 남으신 앞집 할머니는 여전히 따뜻한 이웃사촌이다. 여전히 부침개며 군고구마며 찐 옥수수를 같이 나눠 먹고 있다.

요즘 앞집 할머니는 손녀딸과 함께 살고 계신다.

'할아버지! 저 '개 새끼' 새봄이에요. 하늘나라에서도 제 소리 들리
세요? 사랑해요!! 할아버지!! 멍멍.'

"우리 새봄이가 사람보다 낫다.
할아버지 가신다고 새벽에 그렇게 짖었구나.
우린 그것도 모르고……"

또 다른 라이벌 야옹이

엄마는 나와 누나를 금지옥엽으로 예뻐하지만 가끔 호되게 야단치실 때가 있다. 산책을 나가면 늘 만나는 동네 녀석들 때문이다. 그 애들은 바로 우리 아파트에 사는 고양이 패거리다.

애꾸눈 잭, 외다리 톰…… 애들은 좀 살벌하게 생겼다. 사람들은 도둑고양이라고 싫어하지만 엄마는 늘 안쓰러워하신다.

나와 방울이 누나는 아파트 담벼락 근처나 주차장, 공터에서 녀석들과 마주치면 쏜살같이 쫓아가서 으르렁거리고 텃세를 부린다.

"니들 뭐야. 봐, 우리 엄마야. 저리 꺼지라구" 하면서 유세를 떠는 거다. 엄마가 없으면 감히 대들지도 못하면서, 사실은 괜히 불안감에 선수치는 것이지만.

그 순간 엄마의 불호령이 떨어지고 만다.

"이 녀석들!! 엄마도 없고 집도 없는 불쌍한 애들한테 왜 이러는 거

야? 미쳤어?” 하시면서 우리 목끈을 세게 잡아당기고, 심지어 할리우
드 액션으로 때리는 모양을 취하기도 한다.

　우리의 철없는 행동 후엔 “야옹아, 미안해”라는 말을 늘 잊지 않는
엄마는 “우리 방울이, 새봄이, 착하지. 야옹이 친구들하고 사이좋게 지
내야지?” 하면서 타이르신다.

　할머니는 개들의 본능이라고 감싸주시지만, 나는 왜 나갈 때마다 똑
같은 실수를 저지르는지……. 나 혹시 ‘개 대가리’인가? 그래서 엄마
는 멀리서 야옹이 친구들이 보이면 아예 다른 길로 돌아선다.

　할머니는 가끔 그 녀석들이 좋아하는 멸치와 생선을 챙겨다주고 겨
울엔 추위를 피하라고 종이 박스를 갖다 놓으시기도 한다.

　요즘엔 할머니 걱정이 한 가지 더 늘었다.

　“에미야 ! 먹을 거 갖고 나갔더니 만날 보이던 놈이 안 보이네……
요즘 비쩍 마른 거 같던데…… 쯧쯧.”

　얼마 전 아파트 게시판에 ‘환경미화를 위해 고양이에게 먹이를 주
지 말라’는 공고가 나붙었다. 그래서인가? 요즘은 그놈들을 잘 볼 수
없다. 세상 인심 참 매정하다.

　야옹이 친구들의 팍팍한 세상살이와 달리, 엄마 덕분에 팔자 늘어진
뚱뚱녀 방울이 누나는 지금 부른 배를 축 늘어뜨리고 코를 골며 자고
있다. 도대체 세상일에 관심이라곤 없는 듯하다.

　　　　　3_ 내 친구를 소개합니다

개 코 고는 소리 들어는 보셨는지?

"드르렁, 드르렁~"

어떨 땐 자기 코 고는 소리에 깜짝 놀라서 깰 때도 있고 무산소 호흡증으로 숨이 꼴깍꼴깍 넘어갈 때도 있다. 그 모습은 정말 가관이다.

아빠와 솔이 형은 "방울이 그만 좀 먹여" 하며 '비만의 주범'인 엄마를 늘 닦달하신다. 그러면 마음 약한 엄마는 방울이 누나를 쓰다듬으면서 똑같은 말씀을 되풀이한다.

"방울아! 사랑해 ! 근데 조금 덜 먹고 우리 살 좀 빼서 엄마랑 건강하게 오래오래 살자, 안 될까?"

하지만 엄마도 알고 계실 거다.

'견이독경犬耳讀經'이라고…….

나 좀 유식하지? ㅎㅎㅎ.

내 똥꼬도 사랑하는 울엄마 ⭐

예전에 우리 아파트 1층에 내 친구 강쥐 '별이'가 살았다. 그 집에는 '별이' 말고도 '꽃님이', '단비' 강쥐 친구들이 살고 있었다. 그런데 별이 엄마의 강쥐 사랑은 유별나서 내가 부러울 정도였다. 재산을 강쥐들한테 물려주고 싶다고 하실 정도였으니까. 그 집에 아들이 두 명 있던데 긴장 좀 해야 할 거다.

돈벼락 맞을지도 모르는 별이가 은근 부럽긴 하지만 이 정도에서 만족해야 한다. 재산은 바라지도 않고, 지금 팔자만 잘 유지되어도 만사가 오케이다. 혹여 엄마가 변덕이라도 부려 "너희들 나가서 사료값이라도 벌어와!!" 하시면 어쩌겠나? 행여 욕심부리다 쪽박 찰라.

어느 날 엄마는 나를 데리고 산책을 나갔다가 별이 엄마를 만나셨다. 내가 엄마의 '개 자식'으로 들어온 지 며칠 안 된 날이었다.

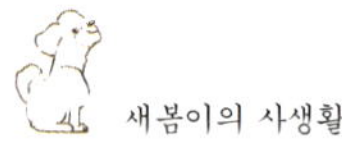

“방울이 엄마, 얘는 누구예요?”

“아! 네. 새로 들어온 녀석인데 이름이 ‘새봄’이에요, 예쁘죠?”

입양 소식을 전해 들은 ‘애견인’ 별이 엄마가 요리조리 찬찬히 뜯어보시고 하시는 말씀.

“어머! 얘는 똥꼬도 참 예쁘네요.”

똥꼬의 진가를 미처 알지 못했던 엄마는 큰 충격을 받았다. 남의 새끼 똥꼬까지 예뻐해주는 별이 엄마의 사랑에 한 방 먹은 거다. 그 순간부터 나는 똥꼬까지 예쁜 ‘개 자식’으로 인정받고 살게 되었다.

그날 오후, 엄마는 방울이 누나의 똥꼬도 살펴보았는데 그래도 내 똥꼬가 더 예쁘다고 했다. 앗, 누나에겐 비밀!!

아시는지 모르겠지만, 사람 얼굴 다르듯이 강쥐들은 저마다 똥꼬 모양도 틀리고 색깔도 틀리다. 근육 모양은 말할 것도 없다.

엄마의 똥꼬 관찰기에 따르면, 잡종 방울이 누나 똥꼬는 세로로 길고 색깔도 어두운데, 나 같은 몰티즈 강쥐 똥꼬는 동그랗고 연한 살색이란다.

아! 가끔 똥꼬 면도도 한다. 털이 자라면 똥꼬를 덮기 쉽기 때문에, 위생을 철저히 하기 위해서다. 엄마가 내 똥꼬에 얼굴을 묻고는 조심조심 가위로 면도하는 모습을 상상할 수 있는가? 사실은 나도 똥꼬가 베일까 봐 움찔움찔 긴장되긴 하지만, 엄마를 믿고 꾹 참는다. 다행히 아직 한 번도 살을 베인 적은 없다.

엄마! 앞으로도 조심해주세요. 저는 똥꼬도 예쁜 완소견이니까요.

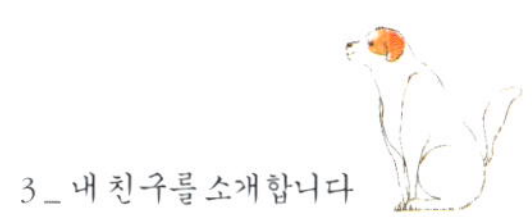

3_ 내 친구를 소개합니다

기자 맞아요?

　　우리 동네에서 자주 마주치는 내 친구들 중 '루키'와 '뿌뿌'가 있다. 루키와 뿌뿌 아빠도 우리 엄마처럼 아침마다 그 애들을 데리고 산책하신다.

　　갈색 곱슬인 루키는 꼭 뚱뚱한 독일 아줌마 같은 인상을 준다. 독일 근처에는 가보지도 못했지만 왠지 그랬다. 뿌뿌는 검정 푸들인데 날씬하고 다리가 긴 발레리나 같다는 게 엄마의 논평.

　　엄마가 루키네를 알고 지낸 건 내가 입양되기도 전이었다.

　　어느 날 아침, 멀리서 루키와 뿌뿌를 끌고 달려오던 개네들 아빠가 큰 소리로 울 엄마를 불렀다.

　　"방울이 엄마!!"

　　"네, 안녕하세요? 루키 아빠!

　　"아니, 방울이 엄마가 기자라면서요?"

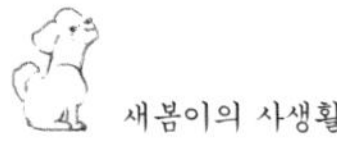

엄마는 우리 동네에서 그냥 '방울이 엄마'로 통하기 때문에 전업주부로만 생각하신 루키 아빠가 믿기지 않으셨나 보다.

"아! 네, 맞아요."

"기자같이 안 생겼는데요?"

"왜요? 제가 너무 후지게 하고 개 끌고 다녀서 그런가요?"

엄마는 민망한 표정으로 까르르 웃으셨다. 솔직히 동네에서의 엄마 행색은 아빠도 가끔 창피해할 정도로 개판일 때가 많다.

"아니요, 그게 아니고요. 강아지를 무척 좋아하시잖아요. 남의 개들까지 너무 자상하게 사랑하셔서요. 기자들은 성질이 좀 더러운 줄 알았거든요."

이에 엄마는 더 크게 웃으면서 맞받아쳤다.

"맞아요, 루키 아빠! 저 성질 되게 더러워요. 조심하세요."

루키 아빠는 "설마요?" 하면서 호탕하게 웃음을 터트리셨다.

집으로 돌아오는 길에 엄마는 주변을 살피더니 나와 누나에게 살짝 속삭였다.

"방울아 새봄아, 큰일 났다. 엄마가 기자인 거 동네에서는 영업 비밀이다. 네 친구들한테 떠들고 다니면 안 돼."

'그런데 엄마, 기자 이미지가 왜 이렇게 된 거예요? 엄마 혹시? 사이비 기자는 아니시죠? ㅋㅋㅋ'

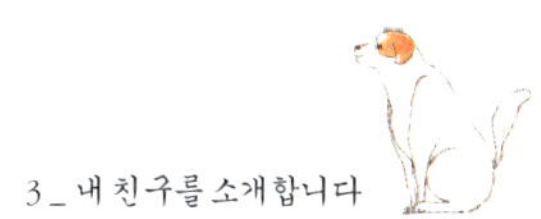

3_내 친구를 소개합니다

김금순 이야기 ⭐

나에게는 방울이 누나 말고 형제자매가 또 있었다.
나보다 1년이나 먼저 입양된 금순이다.

이름: 김금순.

종류: 빨강과 황금색으로 된 금붕어.

성별: 모름.

나이: 모름.

출생지: 영등포구 당산동 구청 앞 수족관.

동거 기간: 2005년 6월~2008년 3월.

엄마 아빠는 내가 '김새봄'이듯 그 애도 금순이가 아니고 꼭 '김금순'이라고 불렀다.

어느 날 엄마가 장난감같이 작은 어항에 담긴 금붕어 두 마리를 얻어오셨다. 그 후 큰 어항을 다시 사고 또 몇 마리 금붕어를 더 사 넣어, 우리와 금붕어들과의 동거가 시작되었다. 그러나 며칠 만에 두 마리만 남고 모두 사망하는 참사가 일어났다.

"그래 둘이라도 남았으니 외롭지는 않겠다. 부디 잘 살아라."

하지만 가족들의 기대를 저버리고 한 달쯤 뒤에 한 놈이 또 유명을 달리했다.

엄마 아빠는 고민에 빠졌다.

'이제 한 놈이 살아가긴 외로울 텐데 새로운 놈을 들여야겠지? 아니야, 이놈도 곧 죽을 가능성이 높아. 물에 사는 놈들은 인연이 아닌가 보다. 이놈 죽을 때까지만 키우고 그만두자.'

이렇게 현명한(?) 결론에 이르렀다.

'죽기를 기다리며 키운다?'

참 내리기 어려운 결정이다.

가족회의의 집중 토론을 거쳐 금붕어의 연속적 죽음의 원인은 대체로 두 가지로 압축되었다.

첫째는 금붕어 장사의 사기.

둘째는 가족들의 애정 과잉으로 먹이를 너무 많이 줘서 배가 터져 죽었다는 것.

후자의 주범으로는 엄마가 지목되었다. 참고로 엄마의 이러한 행태는 지금도 우리에게 계속되고 있다. 과학적 검증 절차는 거치지 않았지만, 어쨌든 그 애들은 엄마의 '미필적 고의'에 의해 사망했다는 게 식구들의 결론이었다.

그러니 혼자 남은 '김금순'을 향한 엄마의 사랑은 끔찍했다고나 할까? 엄마는 금순이가 맘마를 잘 먹었는지, 똥은 잘 쌌는지, 혼자 외롭지 않은지, 어항을 들여다보며 중얼중얼 말을 건네곤 하셨다. 금붕어와 대화가 된다는 걸 아시는지? 정말 된다. 금순이는 엄마와 내가 말을 걸면 물 위로 올라와서 뻐끔거리며 우리 얘기를 듣곤 했다. 그래서 금순이의 외로움도 조금은 덜했을 것이다.

'금순아!! 나 새봄이야,
우리 가족은 아직도 너를 잊지 않고
지금도 기억하면서 이야기하고 있단다.
사랑해.'

금순이의 깨끗한 주거 환경을 위한 어항의 똥 청소는 당연히 아빠 담당이었다. 어항에 깔아놓은 자갈들을 쏟아내서 닦고 바닥을 청소하고 산소 발생기를 점검하고 인공초도 씻어주고…….

금순이의 급식 담당은 엄마에서 할머니로 교체되었다. 홀로 남은 금순이는 독신 생활의 외로움을 극복하고 씩씩하게 열심히 살았다. 보고 있노라면 금순이의 몸짓에선 정말 씩씩함이 물씬 묻어났다.

이렇게 금순이는 가족들, 특히 아빠의 '당초 기대'를 저버리고 홀로 3년 가까이 장수를 누렸다. 아빠는 금순이를 들여다볼 때면, "이놈 안 죽네, 이놈 오래 사네, 독한 놈이네, 허허" 하며 죽기를 고대하는 사람 같았다.

그러던 2008년 3월 어느 봄날 일요일!

배를 하늘로 향하고 물 위에 떠 있는 금순이를 발견한 사람은 할머니였다.

"아이고, 이넘, 그래도 혼자 잘 버티더니 가버렸네. 그동안 정이 많이 들었는데 이것도 생명이라구 맘이 짠하구나, 에미야!"라며 할머니는 금순이의 죽음을 애도하셨다. 다른 가족들도 할머니와 같은 심정이었다.

다들 살아 있을 때는 느끼지 못했지만 우리 가족에게 금순이의 자리는 작지 않았다. 어항을 치워버린 거실의 빈자리는 횡하기만 했다.

"이렇게 오래 살 줄 알았더라면 진작 짝을 찾아주는 건데. 금순아, 얼마나 외로웠냐?"

아빠는 뒤늦은 탄식을 내뱉었다.

엄마와 아빠는 금순이의 시신을 양지바른 곳에 묻어주기로 했다. 무려 3년 가까이 살았던 금순이와의 인연이 소중했으므로 아무렇게나 보낼 수 없었다. 나와 방울이 누나도 아파트 화단으로 따라가 금순이의 마지막을 지켜보았다. 햇볕이 잘 드는 곳에 모종삽으로 흙을 파낸 뒤 금순이를 정성껏 묻었다. 그리고 엄마 아빠는 금순이 무덤에 쉽게 찾을 수 있도록 대나무 젓가락 하나를 꽂아 놓으셨다.

그렇게 봄날 금순이는 우리 곁을 떠났다. 지금 금순이 무덤가엔 잡초만 무성하다.

'금순아!! 나 새봄이야, 우리 가족은 아직도 너를 잊지 않고 지금도 기억하면서 이야기하고 있단다. 사랑해.'

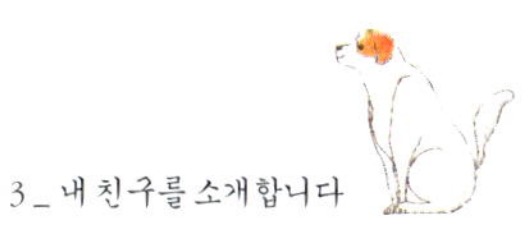

부처님께 귀의합니다?

나도 우리 가족처럼 종교 하나 갖고 싶다.

할머니는 육십 넘어서 시작하신 '벼락치기' 천주교 신자시고 엄마는 '묻지 마' 불교 신자, 아빠는 어정쩡하게 불교에 발을 담그고 있다. 솔이 형은 여자 따라다니느라 한때 잠시 교회에 나간 적이 있다. 완전 짬뽕이다. 우리 가족의 균형을 맞추자면 나는 알라 신을 믿어야 할 듯한데, 아직 잘 모르겠다.

무슨 종교를 믿으면 좋을까?

나무아미타불? 아멘? 성부와 성자? 아니면 알라 알라? 막상 찍어보려니 영 쉽지 않다. 예수님을 믿으려면 일요일마다 교회를 가야 하고 부처님께는 절에 가서 불공을 드려야 한다. 알라 신을 믿으려면 성지 순례 '하지'를 떠나야 하나? 아! 진짜로 갈등 된다.

그런데 여기 참고할 만한 뉴스를 하나 발견했다.

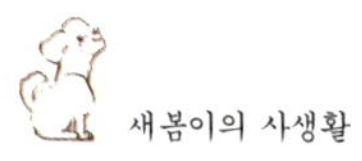

으~음, 그렇다면 식당 개 3년이면 라면을 끓인다는데 기자 집 개 3년이면 간단한 리포트 정도는 당연히 가능하다. 오늘 김새봄 기자가 리포트 한번 해보겠다.

"이재숙 앵커! 김새봄 기자 불러주세요."

"현장에 나가 있는 김새봄 기자 전해주시죠!"

"네, 저는 지금 멀리 홍콩에 있는 한 사찰 '타이포'에 나와 있습니다. 요즘 홍콩에서는 불교에 귀의하는 애완견들이 늘고 있습니다. 물론 함께 지내는 주인님의 손에 이끌려 절을 찾게 된 경우인데요, 주인과 불당에 앉은 '개 불자'들이 경건한 마음으로 부처님 앞에서 기도하며 불심을 키우고 있습니다. '개 부모'들은 애완견들이 다음 생에는 꼭 인간으로 환생하길 기원하는 애틋한 마음으로 불교에 귀의시키고 있다고 합니다. 홍콩 애견 동호회는 무려 2천여 마리가 불교에 귀의했다고 밝혔습니다. 지금까지 KBS 늬~우스 김새봄입니다."

방울이 누나가 다음 생에는 꼭 사람으로 환생할 거라고 굳게 믿는 우리 엄마! 홍콩에도 그런 사람이 많다는 사실에 무척 반가워하셨다. 그러고는 신대륙의 애견인들을 발견한 양 득의양양하게 말씀하셨다.

"방울아! 역시 개를 사랑하는 사람들의 마음은 똑같다니까. 뉴스에 나온 홍콩 절에 꼭 한번 같이 가보고 싶지 않니? 미안하지만 새봄이는 조금 철딱서니 없으니까 사람 되기는 틀렸고 속 깊은 너라도 제대로

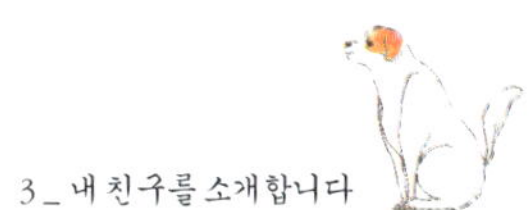

해보자."

그러시더니, "방울아, 너도 정성을 모아서 불심을 키워야 해" 하면서 누나를 절 방석 위에 앉혀놓고는 앞발을 모아 합장을 시키는 게 아닌가.

"나무아미타불 관세음보살!! 나무아미타불 관세음보살!!"

엄마는 진지 모드로 들어가서 계속 염불을 외우신다.

인내심이 부족한 누나는 결국 낑낑대다가 다른 방으로 도망쳐버렸다. 내가 그럴 줄 알았다니까.

솔직히 누나가 그냥 멍하니 눈동자 풀린 걸 보시고는 명상을 즐긴다나? 사람처럼 속이 깊어서 그런다나? 말씀도 안 되는 소리로 왜 그리 누나에 대한 환상을 못 버리시는지 모르겠다.

솔직히 질투가 나기도 하지만 엄마가 종교인으로서 진실에 눈뜨지 못하니 안타깝기만 하다. 내가 성격이 쾌활해서 가끔 오버하긴 하는데 그걸 보고 광견 취급하는 것은 신앙인의 공정한 자세가 아니라고 본다. 형제들 사이에서 차별받는 둘째들은 내 심정을 이해하리라 믿는다. 흑흑……

시작한 김에 개 사랑에 빠진 사람들 뉴스 하나 더 전해드린다.

"이번에는 호주에 나가 있는 특파견犬 김새봄 기자를 불러보겠습니다."

"네, 여기는 호주 시드니입니다. 호주 시드니의 대표적 명물 오페라 하우스 앞 무료 콘서트에 관중 3천여 명과 애완견 천여 마리가 모였습니다. 연주되는 음악은 사람들이 듣기에는 불편한 전자음으로 구성돼

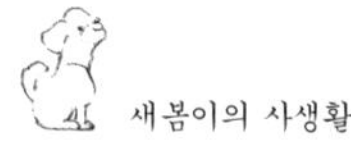

있습니다. 하지만 오늘 음악회의 주인공인 애완견들에게는 이 고주파 음악이 아주 편안하고 즐겁게 들리는 아름다운 멜로디입니다.

공연 시간은 20분! 주인공들인 애완견의 집중 시간을 고려했기 때문입니다. KBS 늬~우스 김새봄입니다.”

우리 엄마도 가끔 지나친 ‘개 자식’ 사랑으로 놀라게 하지만 외국 사람들의 극성은 정말 못 말리는 수준이다. 아! 이민 가고 싶다. 여생을 호주에서 보내고 싶은 마음이 굴뚝같다.

“저는 효심이 부족해 엄마 따라 절에는 가기 싫은 ‘무관심無觀心 보살’이구요, 딴따라 기질이 많으니까 호주 시드니로 가고 싶은데요. 혹시 휴가 때 해외여행 한번 갈 수 없을까요? 엄마 회사의 기자 아저씨네 강쥐 톰슨은 캐나다와 미국도 갔다 왔다고 그러셨잖아요. 엄마, 적금 타면 우리도 한번 가용~~~ 나 애교 부리는 거 안 보여용??~~~.”

“우리 착한 새봄아! 엄마가 너한테 솔직히 고백할 게 있어요. 사람들이 엄마를 보면 뉴요커 같다고 하는데 말이야. 엄마는 뉴욕 근처에도 안 가봤단다. 무늬만 뉴요커지!! 쉿!! 허리가 안 좋아서 내 평생에 장거리 비행기 타고 미국에 못 갈지도 모르겠어. 그러니까 너도 해외여행 사이트 들어가서 호주 시드니를 찾아 열공하고 상상의 나래를 펼쳐보렴. 그러면 너도 해외파처럼 보일 거야. 동네 나가서 다른 강쥐 친구들 만날 때도 절대 기 안 죽을 거야. ㅋㅋㅋ. 우리 착한 새봄아! 듣기 싫은 얘기겠지만 너보다 더 열악한 환경에서 다가올 복날을 걱정하는

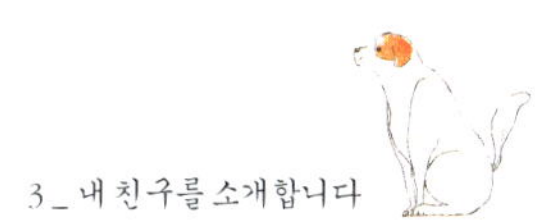

어려운 이웃을 생각해보렴, 착하지?”

말씀은 이렇게 하시지만 엄마는 그래도 자식 소원 못 들어주는 게 미안했던지 내 머리를 따뜻하게 쓰다듬으신다.

“새봄아, 오늘은 딴생각하지 말고 같이 월드컵 응원하자, 너희들 빨간 티셔츠 있잖아! 저녁에 치킨도 시켜줄게, 그럼 됐지? 호호호. 자! 방울이, 새봄이 다 같이 대~한민국, 멍멍멍 멍멍!!! 대~한민국 멍멍멍 멍멍!!!”

아르헨티나와 월드컵 축구 경기가 있던 그날 밤 누나와 나는 냠냠 아저씨가 배달해주신 치킨을 배 터지게 먹고 대~한민국 멍멍멍 멍멍!!을 한바탕 외치고 달콤한 꿈나라로 갔다.

어디로요? 물론 저는 호주 시드니지요.

김새봄 기자의 보도는 AP통신이 전 세계에 전한 실제 상황임을 밝힌다. ‘불교에 귀의하는 개’는 5월 29일, ‘애완견 콘서트’ 6월 6일 뉴스이다.

강쥐를 위한 천도재 ⭐

이승에 떠도는 영혼을 극락으로 보내기 위해 치르는 불교 의식의 하나가 천도재薦度齋이다. 많은 사람들이 인연과 윤회를 믿는다. 그뿐 아니라 나 같은 친구들에게도 영혼이 있다고 믿는 사람도 있다. 물론 우리 엄마도 그중 한 사람이다.

엄마가 지난해 '부처님 오신 날' 절에 가셨을 때 일이다.

그날 수백 명 불자들의 눈길을 사로잡은 것은 '개 영정 사진'이었다. 사진 속 주인공은 하얀색 푸들 강쥐. 법당 한쪽 구석에 영정 사진과 함께 정성껏 차려진 제상이 있고, 그 아래에는 영정 속 강쥐가 쓰던 개집과 장난감 등 애견용품을 비롯해 생전에 좋아했던 간식과 강쥐 앨범까지 놓여 있었다. 그 주인이 얼마나 끔찍이 사랑했는지 한눈에 알 수 있었다고 한다. 애견용품 중엔 값비싼 것들도 있어 엄마는 너무 지나친 게 아닌가 하는 생각도 들었지만 사연을 듣고 보니 주인의 마음을 이해할 수 있었다.

　그 강쥐도 나처럼 유기견이었다고 한다. 강쥐의 주인은 강남에서 유명한 한정식집을 경영하고 있었다. 어느 날 아침 식당에 출근해보니 강쥐 한 마리가 들어와 있어 함께 살게 된 것이 인연의 시작이었다. 이미 두 마리의 강쥐가 있었지만 불심이 깊은 주인은 그 녀석도 '인연' 중의 하나라고 생각하여 받아들인 것이다. 엄마도 사람과 개가 이 세상에서 만나 일생을 같이 보내는 것은 보통 인연이 아니라고 말했다.

　집에 들어온 뒤로 녀석은 주인에게 보은하듯 온갖 애교와 재롱으로 예쁜 짓을 많이 해서 사랑을 독차지하며 3년간 행복하게 살았다. 그러던 어느 날 아빠와 함께 산책 나갔다가 변을 당하고 말았다. 아빠의 실수로 그만 교통사고를 당한 것이다.

　애지중지하던 강쥐였기에 아빠는 죄책감으로 괴로워했고 온 집안 식구가 슬픔에 빠졌는데, 하루는 강쥐의 엄마가 꿈을 꾸었다고 한다.

　"하얀 소복을 입은 젊은 여자가 나타나 무언가 말을 하려는 듯한 슬픈 얼굴을……."

　이상한 꿈자리로 마음이 편치 않았던 강쥐 엄마가 평소 다니던 절의 스님을 찾아가 말씀드렸다. 스님은 강쥐가 그동안 거두어준 은혜를 갚기 위해 남편을 대신해 죽은 것 같다며, 비록 축생이지만 가여운 영혼을 위해 천도재를 지내주자고 말씀하셨다.

　강쥐와 가족으로 살아보지 않은 사람들은 이해하기 어려운 이야기일지도 모른다. 그러나 나는 주인을 위해 목숨을 던진 그 친구의 마음을 알 수 있을 것 같다. 주인의 깊은 마음까지도.

죽은 강쥐가 주인을 얼마나 그리워했으면, 그리고 얼마나 한이 맺혔으면, 죽어서조차 외로운 혼이 그 곁을 떠나지 못하고 있었을까? 주인과 강쥐는 어느 생엔가 또 다른 인연으로 다시 만나리라.

'엄마! 저는 다음에 하늘나라로 가면 하얀 구름을 타고…… 흑흑, 갑자기 슬퍼지네요. 아니에요, 이렇게 감상적이 되면 안 되겠어요. 엄마! 부탁이 있어요. 천방지축인 저와 함께 산책을 나갈 때는 제 목줄 꽉 잡고 자나 깨나 차 조심!!! 꼭 해주세요.'

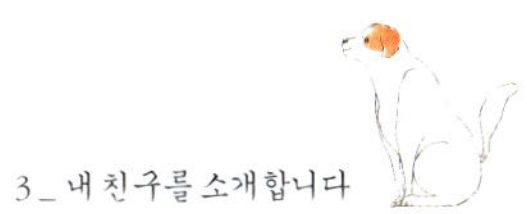

 3_내 친구를 소개합니다

신종 아이디어 발명품 - 유견차 乳犬車

말라붙은 사랑의 샘이 다시 솟기 시작했다며 '개 자식 키우기' 예찬론을 펴는 우리 엄마! 누나와 나를 데리고 산책을 하다가 유모차 탄 아기들을 만나면 자동 발사되는 말이 있다.

"사랑해요, 아기야! 아유, 예뻐! 방울아 새봄아, 아기 예쁘지?"

엄마 마음이 진심인지? 아닌지? 아기 엄마들에게는 상관없다.

세상사 가는 말이 고우면 오는 말도 고운 법!

우리 엄마가 듣고 싶어 하는 말을 나는 안다.

"어머, 고맙습니다. 강아지들도 참 예쁘네요."

바로 이 말이다. 엄마도 내심 행복해한다. 그리고 '굿바이' 끝인사까지 서로 다정하게 나눈다.

엄마는 유모차 탄 아기들을 볼 때마다 왜 저런 아이디어 상품은 안 나오지, 하시며 안타까워한다. 애견용 유모차 말이다.

방울이 누나와 나는 차멀미를 심하게 한다. 그래서 차를 타고 멀리 나가본 적이 없다.

고모 집에 사는 '꼼지'는 드라이브를 즐긴다. 어디든지 차를 타고 고모와 함께 다니는 꼼지를 보면 참 부럽다.

갈색 곱슬머리 푸들 꼼지는 달리는 차창 밖으로 얼굴을 내밀어 머리카락을 휘날리기도 하고, 차 안에서도 의젓하게 중심을 잘 잡고 앉는다며 고모는 자식 자랑을 한껏 늘어놓는다.

우리는 '뚜벅이족'이어서 기껏해야 아파트 한 바퀴 도는 게 전부인데, 그나마도 엄마는 혼자 우리 둘을 데리고 다녀야 해서 버거워한다. 내가 킁킁거리며 이쪽으로 가면, 누나도 질세라 자기 취향대로 킁킁거리며 다른 길로 가버리고, 엄마는 목줄 두 개를 잡고 우왕좌왕한다. 넘어질 것 같아 아슬아슬해 보일 때도 있다. 자동차라도 갑자기 나타나면 엄마는 동네가 떠나갈 듯 비명을 질러, 그 소리에 오히려 우리가 깜짝 놀라 얼이 빠지기도 한다.

엄마는 강아지 유모차만 있으면 우리를 태워 콧바람도 자주 쏘여주고 더 넓은 세상을 보여줄 수 있다고 생각하는 거다. 만약 있다면, 우리 집은 쌍둥이가 타는 2인용이 필요하다. 엄마는 우리 둘을 유모차에 태워 밀고 다니는 모습을 상상하면 너무 즐겁다고 한다. 생각만 해도 웃음이 나온다면서 "내 아이디어 어때?" 하고 가족의 동의를 강요한다.

나는 물론 절대 동감!!

아니! 요즘 같은 첨단 IT시대에 왜 개 유모차는 안 나오는 겁니까?

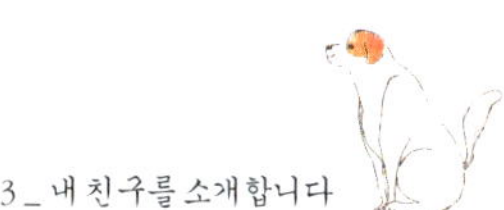

 3_내 친구를 소개합니다

TV도 나오고 내비게이션도 달려 있으면 세상에 못 갈 곳이 어디 있겠어요? 음악은 솔이 형의 MP3를 잠시 빌리면 될 거 같고.

우리 엄마 같은 부모님들은 정말 자식에게 필요하다면 대출을 받아서라도 장만하실 텐데. 먹을 거 안 먹고 입을 거 안 입어도 자식을 위해서라면 희생하는 게 부모 마음이라면서요?

엄마는 분명 히트 상품이 될 거라고 확신한다.

새봄이의 사생활

오늘은 어린이날! 마침 우리 생일날이다. 나와 누나는 생일을 한꺼번에 해먹는다. 누나는 2002년 5월에 먼저 한 식구가 되었고, 나는 2006년 5월 5일에 엄마를 만났으니까. 다음 생일엔 '엄마의 꿈'이 실현되길 바란다.

그나저나 '유견차乳犬車' 개발은 어디에다 연락해야죠?

삼성? LG??…… 아니면 애플???

짱구와 꼬맹이 ☆

오늘같이 텅 빈 공원을 바라보고 있노라면 2년 전에 이 세상을 떠나 버린 동네 친구 하나가 생각난다. 짱구라는 이름을 가진 시추였고, 그때 나이가 열 살이었다. 나이 차이를 넘어서 친구처럼 지냈지만 맞먹기에는 나보다 여섯 살이나 많은 한참 형님이었다.

짱구 형님도 그 집 할머니의 극진한 사랑을 받고 살았다. 이 형님은 특이한 습관이 있었는데, 목줄을 채우기만 하면 '얼음땡'이 걸려버려선 자리에서 동상처럼 뻣뻣하게 굳어버리는 증상을 보였다.

사정이 이렇다 보니 짱구 할머니는 외출을 하더라도 목줄을 채우지는 못하고 손에 들고 다니는 수밖에 없었고, 혹시나 '왜 목줄을 안 하고 다니느냐'는 비난을 피하기 위해 한적한 시간만을 골라 산책을 하셨다. 강쥐나 강쥐 주인이나 이 땅에선 눈치 보고 살아야 하는 죄인인 법이다.

여하튼 이 형님은 워낙 순둥이여서 좀체 짖는 법이 없었고, 기분이 나빠도 꾹 참는 성격 좋은 양반이었다. 나는 성격이 원체 까칠한 편이고 주제에 친구도 가려 사귀는 편인데, 짱구 형님은 처음 본 순간부터 내 마음을 다 주어버렸다. 산책길에 만나면 1분 1초가 아쉬워 "아우님 반가워", "형님 건강하시죠" 하고 인사를 건네자마자 바로 깡충깡충 즐겁게 뛰놀던 때가 눈에 선하다.

하지만 나이는 속일 수 없는 법! 또 내가 노는 게 얼마나 거친가! 짱구 형님은 마음만큼 몸이 따라주지 않아 침을 질질 흘리며 금세 숨이 넘어갈 듯 헉헉거리기 일쑤였다. 그러면 짱구 할머니는 늙으신 형님의 체력 보전을 위해 형님을 안아 올려 나와 떼어놓곤 하셨다. 일종의 긴급조치인 셈이다. 강쥐 나이 열 살이면 사람 나이로 팔순은 족히 되니 아쉽지만 내가 이해하고 넘어가야 했다.

양쪽 집안은 이렇게 사이 좋은 이웃사촌으로 몇 년을 지내왔는데, 작년 겨울 짱구 형님의 용안을 도통 볼 수가 없었다. 그냥 연세가 드셔서 이제는 외출을 잘 안 하시는 정도로만 가볍게 생각했었다.

어느 날 저녁 엄마가 슈퍼에 가는 길에 혼자 계신 짱구 할머니와 마주쳤다.

"할머니, 오랜만이네요? 짱구 잘 있죠? 근데 왜 혼자세요?"

순간 짱구 할머니는 아무 말씀도 못 하시면서 눈물을 글썽거리셨다. 짱구의 죽음을 직감한 엄마도 눈물이 핑 돌았다.

"교통사고 났나요? 무슨 일이 있으신 거예요?"

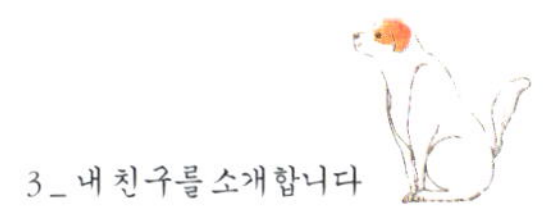

3_ 내 친구를 소개합니다

그날 내가 엄마를 통해 들은 짱구 형님 소식은 이렇다.

한 달 전쯤 형님이 토하기 시작하면서 잘 먹지를 못해 병원에 데려갔다고 한다. 처음에 의사 선생님은 심각한 상황은 아니라면서 일단 입원시키라고 했다. 할머니는 형님만 병원에 남겨두고 떨어지지 않는 발길을 돌려 집으로 돌아오실 수밖에 없었다.

우리 아파트 길 건너에 있는 그 병원은 24시간 진료하는 곳이 아니어서 밤에는 의사 선생님과 간호사 누나들이 퇴근하고 환자들만 남게 되는 그런 곳이다.

그런데 이게 무슨 마른하늘에 날벼락이란 말인가. 입원 이튿날 아침 병원에서 급한 연락을 받고 뛰어갔더니 이미 짱구 형님은 저세상으로 떠난 뒤였다. 가족으로선 받아들이기 힘든 진짜 황당한 죽음이었다.

할머니는 짱구 형님이 캄캄한 병원의 철망 케이지 안에서 혼자 외롭게 죽어간 것을 너무 가슴 아파하셨고, 그럴 줄 알았더라면 입원도 안 시켰을 거라며 땅을 치고 후회하셨다. 짱구 형님은 생의 마지막 순간에 애타게 가족을 불렀을 텐데 아무도 대답이 없었으니 얼마나 힘들고 외로웠을까? 외로이 죽어간 형님을 생각하면 내 마음도 무너져 내린다. 짱구 형님이 그렇게 졸지에 떠나버린 뒤 가족들은 모두 우울증에 빠져 많이 힘들어하고 있다는 소식이었다.

엄마는 할머니를 어찌 위로해드릴지 몰라 짱구 소식에 눈물만 쏟아졌다고 한다. 방울이 누나와 나를 지독히 사랑해주시는 엄마는 언젠가 우리가 떠날 때를 상상만 해도 끔찍하다며 눈시울을 붉힐 때가 있다.

그리고 만약 우리가 세상을 떠나면 헤어짐이 무서워서 다시는 강쥐들을 못 키울 거 같다고 한다.

며칠 전 할머니께서 새로운 소식을 전해주셨다.

"노인정 가는 길에 짱구 할머니를 만났는데 새로 온 녀석을 데리고 계시더라."

반가운 듯 엄마가 물었다.

"이름이 뭐래요?"

"꼬맹이란다. 이제 겨우 한 살 된 작은 강아지인데 쪼그만 게 하얀 털이 아주 예쁘게 생겼더라."

나는 아직 꼬맹이를 만나보지 못했지만 언제 그 녀석 한번 만나면 먼저 가신 짱구 형님과 내가 얼마나 가까웠는지 꼭 얘기해주고 싶다.

꼬맹이 그놈, 이름처럼 진짜 귀엽겠죠?

'보고 싶다, 꼬맹아! 이젠 내가 너의 형님이 되어줄게, 알았지? 멍멍!!!'

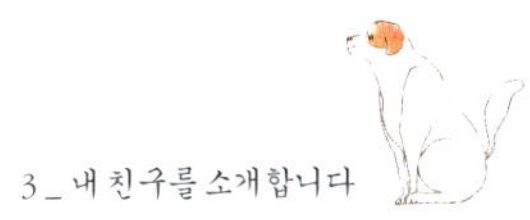

     3_내 친구를 소개합니다

야옹이네 다섯 식구

우리 아파트는 지은 지 15년이 넘어서인지 화려하고 깔끔 떠는 새 아파트와 달리 분위기가 소박하기 그지없다. 연륜이 쌓인 나무들도 적당히 울창하고 새 아파트처럼 철통 보안을 자랑하지도 않는다. 그래서일까? 한때는 고양이 친구들이 꽤 많이 살았다.

내가 고양이였더라도 옆 동네 새 아파트보다는 우리 아파트를 택했을 것이다. 특히 아파트 담벽을 따라 나 있는 오솔길은 나무들이 울창하여 고양이 친구들에게는 천국과도 같은 은신처였다.

그 길 중간 지점의 음식물 쓰레기통 가까운 곳에는 늘 고양이 다섯 마리가 무리 지어 터를 잡고 있었다. 덩치가 작은 세 놈이 밥을 먹을 때 두 친구가 망보는 자세를 잡는 걸 보면 영락없는 한 가족이었다.

대략 연갈색 몸집에 하얀 줄무늬 외모도 별 볼 일 없는 데다가 땟국물까지 흐르는 그놈들은 '나 도둑고양인데 어쩔래' 하며 그 자리를 점

거하고 있었다. 사람들이 다가가도 꿈쩍 않고 째려보고 있다가 한 걸음 거리에 들어서서야 화들짝 담벼락으로 올라서곤 했다. 사람에게 유감이 많은 친구들이었다. 특히 나를 아니꼽게 생각했다.

'자식, 배가 불렀다, 이거지. 살만 뒤룩뒤룩 쪄가지고……'

한번은 내가 엄마 믿고 설치다가 눈탱이 밤탱이 된 적도 있다.

엄마는 운동 삼아 아파트 담길을 따라 한 바퀴씩 돌 때가 종종 있다. 그럴 때면 엄마는 편의점에서 먼저 '천하장사 소시지'를 사서는 주머니에 넣었다가 그놈들을 만나면 간식으로 나눠주었다. 자기 새끼들이나 잘 챙기면 되지 웬 오지랖은 그리 넓어가지고…… 쯧쯧.

"야옹아, 사랑해! 배고프지 않아? 밥은 먹었니? 춥지 않니? 너무 덥지 않니? 오늘은 뭐 하고 놀았니? 시시콜콜……"

그 녀석들이 알아듣건 못 알아듣건 그건 전혀 중요하지 않다. 이런 일이 반복되다 보니 그 야옹이 친구들이 엄마를 받아들이기 시작한 것 같다.

'아줌마, 그래 한번 믿어볼게.'

덩달아 나와 누나를 째려보던 경계의 눈초리도 점점 풀어져갔다.

그런데 어느 휴일 아침, 운동을 나갔던 엄마에게서 다급한 전화가 걸려왔다. "여보 큰일 났어! 냉장고에 보면 소시지 사다 놓은 거 있는데 빨리 비닐봉지에 넣어서 아래로 던져줘" 하는 것이다. 핸드폰에서 흘러나오는 엄마의 다급한 목소리에 아빠와 나, 방울이 누나는 베란다로 달려가서 8층 아래를 내다봤다.

야옹이 세 마리가 동시에 화난 듯이 울어대는 소리가 울려 퍼졌다. 꼬리를 잔뜩 세운 고양이 세 녀석이 엄마를 둘러싸고 우는 모습을 상상해보시라!!!

당황한 엄마의 재촉이 심해졌다.

"뭐 해! 빨리 던지라니까! 애들이 난리 났어! 말이 안 통해!!!"

심각한 사태를 파악한 아빠의 소시지 '투척'으로 소요 사태는 마무리되었고 엄마는 도망치듯 황급히 엘리베이터를 타고 집으로 올라오셨다. 궁금해하는 우리에게 엄마가 전한 사건의 개요는 이렇다.

우리 아파트 입구에서 우연히 마주친 야옹이 녀석들이 엄마를 갑자기 따라오기 시작했다. 엄마를 보는 순간 소시지가 떠올랐던 것 같다. 야옹야옹 울면서 졸졸 엄마를 따라오는데 주머니에 소시지도 돈도 없이 무방비 상태였던 엄마는 순간 당황했다.

"야옹아, 미안해! 미안해! 야옹아, 소시지 없어! 소시지 없어!!"

계속 말했지만 야옹이들은 포기하지 않았다.

그놈들이 며칠 굶어 엄마에게 매달릴 수밖에 없었던 건 아닐까? 지나가던 한 할머니는 이 광경을 지켜보며 신기하다고 웃으셨지만 엄마는 어쩔 줄 몰라 했다. 배가 고팠던 야옹이 친구들이 급기야 우리 아파트 엘리베이터 앞까지 따라왔다. 야옹이들이 목청을 점점 높이고 꼬리를 하늘로 쳐들자 엄마는 약간 겁이 났다. 그나마 냉장고에 소시지가 있었으니 천만다행이었다. 그 후로 엄마는 무방비 상태에서 다시 그 녀석들을 만날까 걱정하기도 했다.

우리 동네에는 우리 엄마나 할머니처럼 야옹이들을 보살펴주시는 분들이 있다.

먼저 내 친구 '다롱이' 엄마!

정이 많은 다롱이 엄마는 참치 캔이며, 먹다 남은 생선, 멸치 등등 매일 아침밥을 챙겨주셨다. 우리 엄마와 달리 다롱이 엄마는 고양이들을 아주 능숙하게 다루었고 고양이들도 스스럼없이 잘 따랐다. 그중의 한 놈은 아줌마를 보면 배를 보이고 드러누워 재롱을 떨기도 했다. 나는 고양이들과 앙숙이지만 다롱이는 고양이들과도 친하게 지냈다. 아줌마 뒤를 다롱이와 고양이가 함께 졸졸 뒤따르는 풍경은 마치 동화책에 나오는 그림 같았다.

인자하신 우리 동네 한 할아버지는 고양이들이 지나다니다 다칠까 봐 새벽에 온 아파트 화단과 으슥한 길가에 뒹구는 깨진 병 조각이나 위험한 것들을 치우셨다. 아파트에서 고양이를 돌보는 일은 '이적 행위'에 가까운 일이었으므로 대개는 은밀하게 이루어졌다. 그래서인지 엄마가 우연히 그들을 만났을 때를 보고 있자면 무슨 비밀단체의 끈끈한 동지애나 비장함 같은 것이 느껴졌다.

이제 야옹이네 다섯 식구가 보이지 않은 지 오래다. 이 식구들이 험난한 세파를 잘 이겨냈는지 짐작할 길 없다. 다롱이네도 이사를 가고 없다. 지금은 또 다른 야옹이들이 우리 아파트에 함께 살고 있지만 세가 많이 약해졌다. 한동안 붙었던 아파트 정화 작업 탓이다.

만나고 헤어지고…… 떠난 자리는 또 채워지고…… 세상사 다 이런

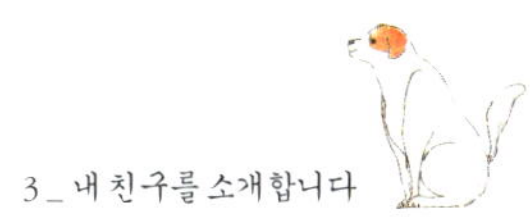

3_내 친구를 소개합니다

것 아닌가?

'고양이 동지 여러분! 힘냅시다. 까짓 뭐 별거 있습니까. 건투를 빕
니다.'

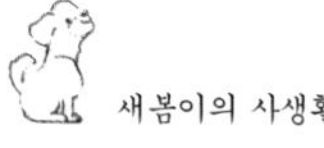

엄마가 국회지 말면?

어느 날 아빠가 엄마의 회사 신분증 사진을 보더니 한 말씀 하신다.

"야~ 이거 촌스러운 모습이 꼭 구청장 선거 포스터에 나오는 사진 같네."

이때부터 엄마의 '우스개 꿈'은 우리 동네 구청장으로 바뀌었다.

"그래? 구청장? 괜찮을 거 같은데…… 음~~."

우리 동네 구청이 덩어리가 커서 어설픈 국회의원 자리보다 실속 있을 거라는 게 엄마의 날카로운 분석이었다.

시간이 흐르면서 엄마의 '얼토당토 꿈'은 더 커져갔다. 이번엔 국회의원에 도전하겠다는 것이다! 이유는 단순하고도 명확했다. 나 같은 유기견들을 위한 '특례 법안'을 만들어 강아지 보호에 나서겠다는 거다. 우리를 챙기고 보호하기 위해서는 힘을 가져야 한다는 게 엄마의 논리다.

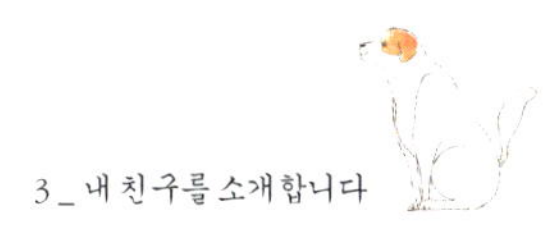

 3 _ 내 친구를 소개합니다

정말 요즘 세상은 우리가 살아가기에 너무 험한 것 같다. 동물 학대 동영상이 유행일 정도인 말세에 제일 무서운 건 사람이다. 우리는 좋아 다가서는데 언제 험악한 사람으로 돌변할지 모르니 이래저래 조심하고 살아야 한다. 정말 믿을 놈 없다. 그런데 아무리 잔인하게 동물 학대를 범했다 해도 법적으로 벌금 500만 원이 최고형이라는 사실을 알고 나니 헛웃음만 나온다. 국격을 높인다고? 에잇! 멋있는 말 한마디 하겠다.

"한 나라의 위대성과 그 도덕성은 동물들을 다루는 태도로 판단할 수 있다. 나는 나약한 동물일수록 인간의 잔인함으로부터 더욱 철저히 보호되어야만 한다고 생각한다."

물론 이것은 내 말은 아니고, 누가 했을까? 마하트마 간디께서 하신 말씀이란다. 울컥, 눈물이 날 정도로 가슴을 울리는 말이다.

폴란드에서는 임신한 개를 굶어 죽게 한 여교사가 징역 2년을 받았고, 영국에선 자기 개를 살찌게 놔둔 남자에게 10년간 접근금지명령을 내렸다고 한다. 미국은 동물 학대에 최고 징역 10년형이란다. 이 정도는 되어야 어느 정도 맘 편히 살 수 있을 것 같은데, 이민이라도 가야하는 건 아닌지 심각히 고민해봐야겠다.

아무튼 우리 엄마가 국회의원 되는 걸 적극적으로 밀어줘야겠다. 국회의원 엄마가 만들어 주었으면 하는 법을 대충 생각해봤는데 아쉬운대로 이 정도면 되지 않을까?

1. 동물 학대 최고 형량: 무기 징역에 벌금 10억 원

2. 애완동물 각종 보험 실시 법안(의료보험, 자동차상해보험, 연금보험 등)

3. 애완동물 가족 공제 실시 법안

3. 애완동물 공중화장실 설치 법안

4. 노숙 동물 보호소 설치 운영 법안

5. 각 경찰서에 애완동물 전담반 설치 법안

나도 엄마를 따라 '얼토당토 꿈'을 꿔본다. 강쥐들에게도 투표권이 있다면 얼마나 좋을까? 만약 투표권이 있다면 선거 때마다 이렇게 되겠지?

"새봄님, 한 표 부탁합니다. 열심히 하겠습니다."

선거철이면 내가 좋아하는 개껌이나 육포 같은 것도 지천에 널릴 거고…….

'에~ 그런데 그런 거 받아먹으면 선거법에 걸리나?'

엄마가 솔이 형한테 입이 마르고 닳도록 하는 말이 있다.

"솔아, 긍정적으로 생각해! 생각이 현실이 된다니까 믿어 봐~~~."

마음으로 하는 나의 첫 투표권 행사!

엄마 말씀에 한 표! 콱 찍었어요.

엄마의 꿈이 조금은 이루어질 모양이다. '동물보호법'이 고쳐진다고 하니까. 동물을 학대하면 1년 이하의 징역이나 1천만 원 이하의 벌금에 처한다는 내용. 이왕 고치는 거 좀 화끈하게 고치시지. 통이 작다, 작아.

비누 먹고 자살하기 ⭐

　엄마가 나를 한 식구로 입양했을 때, 우리 동네 루키 아빠가 엄마에게 무서운 얘기를 해주셨다.

　루키 아빠가 잘 아는 집에서 원래 강쥐 한 마리만 키웠는데 나 같은 유기견 친구가 입양되어 같이 살게 되었다. 새로 들어온 녀석이 워낙 성격이 명랑하고 애교가 많아서 오히려 먼저 살던 강쥐를 제치고 더 사랑을 받게 되었다. 굴러온 돌이 박힌 돌을 뺀 셈이었다.

　그래서 먼저 살던 강쥐가 우울증에 걸렸다고 한다. 집 안에만 틀어박혀 있고 도통 먹지도 않아 나날이 몸이 쇠약해져갔다. 그러던 어느 날 아침, 주인은 화장실에 갔다가 쓰러져 있는 강쥐를 발견했다. 놀라서 강쥐를 병원으로 옮겼지만 안타깝게도 이미 숨을 거둔 상태였다.

　슬픔에 빠진 주인이 화장실을 유심히 살펴보았더니 빨랫비누가 반으로 줄어 있었다. 강쥐의 이빨 자국이 있는 걸로 보아 비누를 갉아 먹

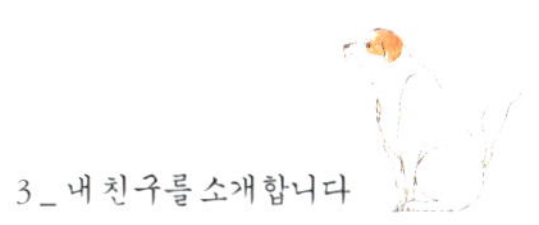

　　　　　　　　　3 _ 내 친구를 소개합니다

고 죽은 것이다.

애견인 루키 아빠는 그 애가 자살한 거라고 믿고 있다. "강쥐가 자살이라뇨?" 말도 안 된다는 엄마의 반박에 루키 아빠의 생각은 이렇다. 물론 강쥐들이 호기심으로 빨랫비누를 먹을 수는 있지만 입에 넣었다가 맛이 이상하면 바로 뱉거나 토하는 게 본능이라는 것이다. 그런데도 계속 빨랫비누를 반 토막이나 파먹은 것은 스스로 죽기로 결심한 결정적인 증거이며, 사랑을 빼앗겨 우울증에 걸렸기 때문에 그랬을 거라고 분석했다.

나도 뉴스에서 종종 우울증으로 목숨을 끊은 사람들을 보았다. 엄마는 루키 아빠의 믿기지 않는 얘기를 듣는 순간 가슴이 덜컥했다고 한다. 내가 귀여움을 많이 받는 데다 방울이 누나 성격이 내성적이기 때문이다. 루키 아빠도 방울이 누나가 나 때문에 상처받아서 혹시 어떤 일을 저지를지 모르니까 걱정되어 말씀하신 것이다. 그래서 친자식과 입양아를 잘 키우는 게 정말 어려운 일이라며 단단히 당부하셨다.

강쥐랑 같이 살지 않는 아줌마 아저씨들은 그냥 웃어넘기실지 모르지만 우리가 살면서 느끼는 감정은 사람과 똑같다. 질투하고, 사랑하고, 집착하고, 우울해하고, 슬퍼하고, 화나고, 짜증나고…… 이런 감정들이 그때그때 우리 얼굴과 행동에 다 드러난다.

나 같은 경우는 질투가 심해서 엄마 아빠가 함께 누워 계시면 꼭 가운데로 비집고 들어가서 갈라놓아야 직성이 풀리다 보니, 두 분이 각방 쓴 지 벌써 오래되었다.

또 엄마가 방울이 누나랑 좀 놀아주면 사이에 끼어들어 한바탕 난리를 쳐서 파투를 내버리고는 '나랑 놀자'고 엄마한테 있는 재롱 없는 재롱 다 부린다. 그럼 누나는 불평 한마디 없이 슬그머니 자리를 뜬다. 가끔 엄마가 방울이가 안 보인다며 찾아보면 빈방에서 웅크리고 우두커니 혼자 있는 누나의 모습을 볼 수 있다. 솔이 형이 학교에 가고 나면 주인 없는 형의 침대가 누나의 아지트다.

나도 착한 누나한테 미안하긴 하다. 그런데 생겨먹은 게 이런 걸 어떡하나.

'방울이 누나 미안해! 나 솔직히 싸가지 없잖아. 누나가 이해해줘. 딴맘 먹지 말고. 누나!! 고백했으니까 용서해주는 거지?'

지금도 여전히 누나가 베란다에 나가서 밖을 내다볼 때마다 내 가슴이 뜨끔뜨끔하다. 우리 집은 8층이어서……

개 팔자 = 상팔자, 어쩌라고요?

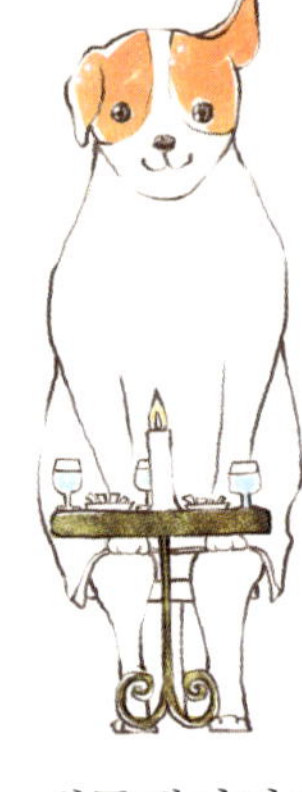

매주 일요일 아침 9시 30분이면 어김없이 하는 일이 있다. 바로 S본부의 인기 프로그램 〈TV 동물농장〉 시청이다. 엄마는 밥을 먹다가도 이 프로가 시작되면 숟가락을 내동댕이치고 보는 마니아 수준. 나도 엄마 무릎을 베개 삼아 엎드리거나 엄마 곁에 찰싹 붙어 앉아서 본다.

가슴 아픈 사연이나 신기한 친구들이 나오면 엄마는 할머니와 아빠에게도 빨리 보시라며 재촉하고, 슬픈 사연이 나오면 눈물을 흘리면서 제 얼굴을 들여다보고 "사랑해" 하고 추임새를 넣기도 한다. 학대받는 친구들이 나오면 세상을 개탄하면서 나쁜 놈들이라고 욕하고…… 다 보고 난 뒤에도 여운이 남는지 이날 등장한 친구들에 대해 이야기한다.

엄마는 K본부의 사람이지만 S본부 제작자들이 노린 게 바로 그런 반응이 아닐까 생각한다. 이른바 '미친美親' 시청자!

나는 엄마와 함께 TV 보는 걸 좋아하지만 방울이 누나는 고상해서 그런지 음악을 더 좋아하고 시끄러운 것은 질색해서 주로 빈방을 찾아다닌다. 방울이 누나가 특히 좋아하는 가수는 허스키한 음색의 음유시인 로드 매퀸 아저씨!

TV 소리가 좀 커지면 누나는 아무도 없는 다른 방으로 슬그머니 가서 사지를 늘어뜨리고 누워 있다가 눈꺼풀이 무거워지면 스르르 잠이 든다.

프로그램이 끝나면 엄마는 그제야 조금은 미안한 마음으로 방치해 두었던 누나를 찾아 배를 쓰다듬어주며, "방울아! 아가씨가 이렇게 매일 누워 있으면 어떡해요? 그러니까 살이 찌는 거지, 똥배가 이게 뭐야? 큰일이야"라며 걱정 어린 잔소리를 한다.

엄마의 돌아온 관심에 잔소리인데도 싫지 않은 듯 그 나이, 그 덩치에 어울리지도 않게 아기들처럼 기지개를 펴며 팔다리를 쭉쭉 뻗는 '쭈쭈'를 한다.

'엄마 똥배나 신경 쓰세요. 남 말 하지 마시고요.'

그런데 가끔 우리의 이런 개 팔자를 질투하는 놈이 계시니 바로 솔이 형!

'형, 질투할 게 없어서 우릴 질투해욧!'

대학 새내기인 솔이 형은 리포트 작성이 잘 안 되거나 불현듯 자기 앞날에 불안이 몰려오거나 화창한 봄날 여자친구 하나 없는 신세가 스스로 한심해 보인다든지 할 때면, 괜한 화살을 우리에게 돌리곤 한다.

3 _ 내 친구를 소개합니다

얼마나 한심한지 때로는 자신의 고단한 처지를 한탄하며 우리 상팔자를 부러워하는 지경에까지 이르는데.

"니네들은 걱정할 일도 없고 참 좋겠다."

그러다가 나나 누나를 발로 툭툭 차면서 핀잔을 준다.

"너희가 이 집에서 하는 게 뭐 있냐? 사료 값, 간식비, 병원비 들지, 옷도 사줘야 하지…… 돈만 축내고 하는 게 없잖아! 이넘들은 지들이 사람인 줄 안다니까."

"그럼 너는 개로 태어나고 싶니? 네가 돈 벌어오는 것도 아닌데 왜 그러냐? 말 못 하는 애들은 얼마나 답답하겠니? 개가 됐다고 한번 상상을 해봐! 애네들처럼 목줄 하고 사료 먹고 살 수 있겠어?"

엄마가 우리 남매 편을 들어주신다.

"솔아, 네가 개 고생을 안 해봐서 그런 거야" 하며 역정까지 내면서 오버할 때도 있다.

솔직히 고백하자면, 솔이 형의 지적도 일리가 없는 것은 아니다. 엄마가 오냐 오냐 하다 보니 가끔 나의 분수를 잊고 사람 대우를 요구하기도 한다. 나는 목이 마르면 누나처럼 개 물그릇으로 가지 않고 식탁으로 간다. 떠놓은 지 오래된 물은 시원하지 않기 때문이다. 식탁 앞에서 '으르렁' 하고 사인을 보내면 가족들은 내 말을 얼른 알아듣고 '컵!!'에 시원한 냉장고 물을 따라준다.

특히 가장 좋아하는 것은 얼음을 동동 띄운 찬물! 혀로 얼음을 핥아 먹으면 그 맛이 끝내준다. 할머니는 내가 몸에 열이 많아서 그런 거라며 진단까지 해주신다. 그리고 나는 식성도 한식보다는 양식 체질이다. 몸이 아플 때는 쓴 약을 가루로 만들어서 치즈에 싸서 먹으면 꿀꺽 삼키기 좋다.

피자, 스파게티, 프라이드치킨…… 아! 생각만 해도 냠냠 아저씨가 오시는 날은 너무 행복하다. 내가 이럴 정도인데 '식탐 대왕' 뚱땡이 방울이 누나는 오죽하겠는가. 우리 때문에 엄마 아빠는 시켜 먹는 게 무섭다고 하실 때도 있다. 마음 약해서 안 줄 수도 없고 주자니 살찔 텐데…….

그래서 할머니의 걱정도 늘어가고 있다.

"다른 집 애들은 야채도 잘 먹고 과일도 잘 먹는다는데, 우리 애들은 입에도 안 대니 말이야" 하면서 혀를 차신다.

참고로 서영숙 아줌마네 애니는 사과와 배, 상추를 무지 좋아하고, 고모집 꼼지는 양배추를, 우리 뒷동에 사는 꽃님이는 바나나를 보면 사족을 못 쓴다고 한다.

엄마! 너무 다른 애들과 비교하지 말아주세요. 저희도 괴롭다니까요. 애들은 부모 하기 나름이라 하잖아요. 엄마가 이렇게 만들어놓고 지금 와서 우리보고 어쩌라고요?? ㅜㅜㅜㅜ.

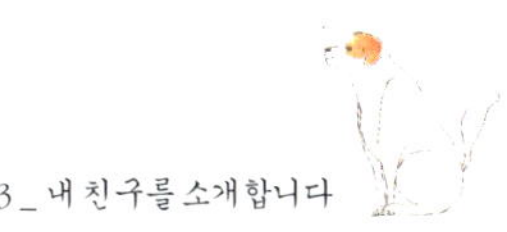

3_ 내 친구를 소개합니다

개한테 미친 여자 ⭐

엄마와 같은 부서에서 근무했던 후배 ○○ 기자의 집에도 나와 같은 노숙자 출신의 친구가 둘이나 있다.

첫째는 '업둥이', 맘씨 고운 업둥이 엄마가 새벽기도를 가다가 비를 잔뜩 맞고 가엽게 떨고 있는 그 아이를 발견하고 데려와 한 식구가 되었다.

둘째는 '미니', 안양천 둑방을 헤매던 작고 초라한 아이. 험한 길 위에 살면서 교통사고를 당한 적이 있는 듯 한쪽 다리를 절고 있었다. 덩치도 이름처럼 '미니' 사이즈. 형님인 업둥이가 아빠랑 산책을 갔다가 자동차 바퀴 뒤에 숨어 있는 것을 찾아냈다고 한다.

'애견녀' 우리 엄마는 그 아이들을 직접 본 적은 없지만 남다른 애정을 갖고 있었다. 가끔씩 업둥이와 미니의 안부도 물어주고, 우리 간식을 사면 하나씩 나눠주기도 하고, 뚱땡이 방울이 누나가 입던 겨울

코트와 티셔츠도 물려주고…….

하루는 그 후배 기자가 짓궂은 걱정을 했다.

"이 선배가 강쥐들 챙겨주는 것을 혹시 저를 좋아해서 그런 걸로 제 와이프가 오해하면 어쩌지요?"

우리 엄마가 걱정 말라며 내놓은 강력한 해결책!

"어머! ○○ 씨, 내 스타일 절대 아니에요. 혹시 와이프가 오해하면 그 여자는 개한테 미친 여자라고 해요. 신경 쓰지 말라고, 저 진짜 미쳤잖아요, 호호호."

그 후배 기자 아저씨의 쓸데없는 걱정과 달리 신앙심 깊은 엄둥이 엄마도 당근 우리를 사랑해주셨다. '수제 명품 개비누'를 직접 만들어 주기도 하셨다.

엄마가 고백했듯이 엄마는 가끔 미치는 것 같다.

일할 때도.

우리를 사랑해줄 때도.

화낼 때도.

쇼핑을 할 때도.

게걸스럽게 먹을 때도.

미친 개한테는 몽둥이가 약이라는 '명언'이 있긴 하지만, 이런 '애견녀' 엄마는 어떻게 해야 하죠? 누구 알려주실 분 없나요? ㅠㅠ.

 3_ 내 친구를 소개합니다

뿌뿌와 쭈쭈 ☆

한때 우리 아파트에 '뿌뿌와 쭈쭈' 란 친구들이 살았다. 뿌뿌의 나이는 열두 살, 쭈쭈는 일곱 살. 둘은 사각형 얼굴의 시추 모녀였다.

그 친구들은 매일 아침 이른 새벽에 아빠와 함께 산책을 나왔다. 우리 집과는 달리 뿌뿌네 엄마는 강아지를 별로 좋아하지 않으셔서 애들 산책은 아저씨만의 몫이었다. 우리 엄마처럼 그 아저씨도 일 나가기 전에 애들을 산책시키셨다. 그 모습을 보면 정말 꼭 닮은 세 부녀를 보는 듯했다.

'뿌뿌' 아빠의 사랑은 우리 엄마 못지않아서 춥고 컴컴한 겨울철 새벽에도 산책을 거르시는 일이 없었다. 추운 새벽녘 두터운 회색 파카에 달린 모자를 폭 뒤집어쓰고 한 손엔 배변 봉투, 다른 손엔 줄을 잡고 조용조용 걸으시던 아저씨의 모습을 지금도 또렷이 기억할 수 있다. 우리 엄마가 늘 먼저 인사를 건네면 수줍은 듯 대답하시고 시추 모녀도 아저씨를 꼭 닮아서 그냥 꼬리만 살살 흔들고 지나갈 뿐 같이 난

새 봄이의 사생활

리 치고 시끄럽게 놀았던 기억은 없다.

이렇게 조용한 이웃으로 몇 년을 보았던 뿌뿌와 쭈쭈 그리고 아저씨를 갑자기 한동안 볼 수 없었다. 그러던 어느 날, 잠자리에 들기 전 '마지막 쉬'를 하기 위해 한밤에 나갔던 나와 엄마, 누나는 뿌뿌와 쭈쭈가 낯선 젊은 부부와 함께 있는 걸 발견했다.

궁금한 엄마는 반갑게 물어보았다.

"뿌뿌야, 쭈쭈야! 오랜만에 보는구나. 잘 있었니? 근데 아빠는 어디 가셨니?"

며느리와 아들이라고 밝힌 젊은 부부는 뿌뿌 아빠의 소식을 전해주었다. 갑자기 허리가 심하게 아파서 병원에 가셨는데 '폐암 말기'라는 판정을 받고 투병 중이시라며 말끝을 흐렸다. 아저씨 얼굴이 유난히 까맸던 게 폐암 때문이었는지도 모르겠다는 생각이 뇌리를 스쳤다. 천사 같은 아저씨가 암에 걸렸다는 소식도 충격적이었고 아저씨가 돌아가시면 뿌뿌와 쭈쭈는 누가 돌봐주나, 하는 걱정이 우리 모두의 마음을 무겁게 짓눌렀다. 그 후로 그 친구들의 모습은 거의 볼 수가 없었다.

하루는 우연히 뿌뿌, 쭈쭈 엄마와 마주쳤다. 엄마가 아저씨의 안부를 물으니, 신앙의 힘으로 버티고 계시지만 머지않아 떠나실 것 같다고 말씀하셨다. 뿌뿌와 쭈쭈의 소식도 엄마에게 중요 관심사였는데, 뿌뿌와 쭈쭈가 하루 종일 움직이지도 않고 투병 중인 아저씨 발밑에 앉아 있기만 한다는 것이었다.

아마 그 친구들도 본능적으로 아빠에게 뭔가 심각한 일이 일어나고

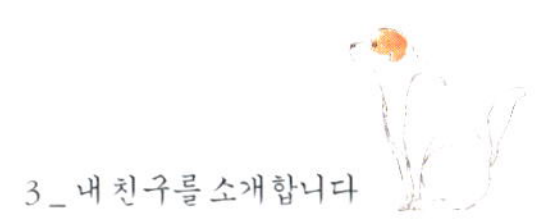

3_내 친구를 소개합니다

있다는 사실을 알아채고는 절망감에 울었을 테고 그런 아빠의 곁을 잠
시라도 비울 수는 없었으리라. 특히 나이 많은 뿌뿌는 아저씨가 병석
에 든 후로 물도 사료도 잘 먹지 않고 있어서 아저씨 떠나시면 뿌뿌도
오래 못 살 것 같다고 하셨다. 게다가 미국에서 공부하다 급히 귀국한
아들 내외도 돌아가야 하기 때문에 뿌뿌와 쭈쭈를 어떻게 해야 할지
고민과 걱정이라고 하셨다.

그리고 한 달 정도가 흘렀을까? 뿌뿌 아빠가 결국 하늘로 가셨다는
얘기를 할머니를 통해 듣게 되었다.

"어머니, 뿌뿌와 쭈쭈는 어떻게 됐어요?"

엄마가 근심 어린 목소리로 여쭈었더니 할머니도 그건 모르신다고
하셨다. 나중에 우리 집에 들려온 소식은 뿌뿌네가 다른 데로 이사 갔
다는 것이었다. 언제나 말없이 뿌뿌와 쭈쭈를 사랑해주셨던 아저씨가
그 친구들을 두고 떠나실 때 심정을 생각하면 왠지 눈물이 난다. 또 고
통스러운 아빠의 마지막 순간을 지켜봐야만 했던 친구들의 마음은 얼
마나 아팠을까?

문득 '나도 언젠가는……' 하는 생각이 들자 겁이 덜컥 난다. 그러
나 엄마의 말을 굳게 믿는다. 금생의 이 인연이 어디 보통 인연인가.
우리는 돌고 돌아 또 만나고 희로애락을 같이하리라.

아저씨가 떠난 뒤 뿌뿌와 쭈쭈가 어떻게 지내고 있는지 가끔 궁금할
때가 있다.

'잘들 지내니, 애들아? 뿌뿌야, 벌써 아빠 다시 만난 건 아니지?'

새봄이의 말

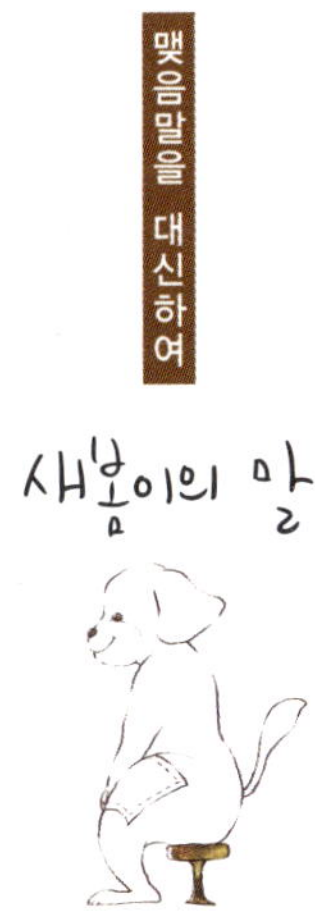

지금까지 나를 중심으로만 얘기를 했다. 누나에게 미안한 마음도 들고 한편으론 후환이 두렵기도 하다. 누나가 이 책을 읽어보면 반론을 제기할 부분이 있을지도 모르겠다. 무릇 기사를 쓸 때는 이해 상대방의 반론권도 가급적 넣어주어야 한다. 엄마의 말씀이다. 나를 만나면서 개 팔자 바뀐 방울이 누나의 사연과 인터뷰로 이 글을 마무리 하고자 한다. 그것이 누나에 대한 예의라고 생각하기 때문이다.

나보다 두 해 먼저 우리 집에 들어와 내가 편히 살 수 있는 터전을 닦아놓았을 뿐만 아니라 큰 텃세 없이 나를 받아준 방울이 누나에게 이 자리를 빌려 감사의 말을 전한다. 누나 덕택에 나는 그저

다 차려놓은 밥상에 숟가락만 하나 올려놓아도 되었다. 강아지 공포증을 갖고 있던 엄마를 미리 애견인으로 만들어놓았으니 망정이지 그렇지 않았더라면 아마도 엄마는 버려진 나를 처음 본 날 '웬 똥개가 시끄럽게 짖고 난리야' 하고 그냥 지나쳐버렸을 사람이다. 그러고 보면 나의 진정한 은인은 엄마가 아니라 방울이 누나라고 말할 수도 있겠다. 그러나 내가 이 집 문턱을 넘어왔던 바로 그 순간 이후로 누나의 견생은 천국에서 지옥으로 추락하였다. 나는 천하에 배은망덕한 놈이 되고 말았다. 그러나 이것이 어찌 내 탓만이겠는가. 사랑을 손바닥 뒤집듯 하는 사람들이 문제지.

방울이 누나의 견생은 나처럼 불우하진 않았다. 태어난 지 며칠 되지도 않아 고모 아들이 친구 집에서 얻어왔으니 나처럼 버려진 신세는 아니었다. 생모와의 생이별이 다소 빨랐음은 슬퍼할 일이지만 우리에게 그 정도의 불행은 늘 있는 일 아닌가. 정작 방울이 누나의 불행은 나를 만나고 빚어진 것. 전생에 내게 큰 빚을 졌지 않았을까 추측해볼 따름이다. 고모도 개를 사랑하는 일족이지만 막상 돌볼 사람이 없는 게 문제였다. 낮 시간에 고모와 고모부가 일을 나가면 집이 텅 비어버리니 고모 아들이 외출할 때마다 주머니에 넣어가지고 다녔다고 한다. 이게 사람도 그렇지만 개도 참 할 짓이 아니다. 이때 구원 투수로 등장한 사람이 바로 우리 할머니였다. 20년 전 아파트로 이사하면서 할 수 없이 키우던 꽃순이를 옆집에 두고 떠나온 할머니. 이삿짐 트럭을 쫓아 골목길을 달려오던 꽃순이를 바라보며 하염없이 눈물을 흘렸던 할머니! 그래서 "내 눈에 흙이 들어가기 전엔 다시는 개를 키우지 않겠다"며 단호했던 할머니가 막상 방울이 누나를 보자 한 방에 '훅' 가버렸던 것이다. 방울이 누나에겐 그런 힘이 있었나 보다. 퇴근하고 집에 들어온 엄마에게로 누나가 한 발 한 발 걸음마를 떼며 비틀거리며 다가왔고, 엄마 역시 그 순간 한 방에 무릎을 꿇고 말았다. 철의 여인이던 엄마가 말이다.

우린 한 집에 살지만 대화는커녕 누나는 나를 마치 소 닭 보듯 한다. 누나는 다정한 성격도 아닌 데다 내가 감히 넘빌 수 없는 카리스마를 갖고 있다. 가끔 털이라도 핥아주려고 다가가면 질색하니 이럴 때면 나는 무안해서 물러서고 만다. 그래도 가족은 가족이다. 늘 개무시당하는 입장이지만 누나가 한 공간에 숨 쉬고 있는 것만으로도 안심이 된다. 누나는 무지무지한 식탐을 가졌지만 내가 먹는 것은 절대 넘보는 일이 없다. 또 밖에 놀러 나가면 어떠한가. 내가 딴짓하느라 뒤처지면 혹여 잃어버릴세라 가던 길 멈추고 점잖게 기다려주는 누나. 내가 다른 놈들하고 싸움이라도 붙으면 그 큰 덩치로 같이 패싸움을 벌여주는 누나. 혹시 우리 단둘이 험한 세상에 떨어지더라도 나는 누나가 나를 끝까지 지켜줄 거라는 믿음을 갖고 있다.

이쯤 해서 오늘의 주인공을 모시고 인터뷰를 해보겠다.

맺음말을 대신하여
새봄이의 말

방울 누나를 박수로 모시겠습니다. 짝짝짝.

새봄 기자   2010년의 대미를 장식하는 날, 뜻 깊은 자리에 함께해 주셔서 감사합니다. 오늘 식사는 맛있게 하고 나오셨습니까?

방울 누나   연말이라고 특식 같은 건 없었습니다. 건빵에 멸치포, 개껌, 사료 나부랭이 몇 알 먹었습니다. 후식으론 복분자를 먹었습니다. 아, 며칠 전에 크리스마스라고 케이크 먹은 게 기억나는군요.

새봄 기자   참 많은 일들이 있었습니다. 올 한 해 가장 기억에 남는 게 있다면 말씀해주시죠.

방울 누나   그 가운데서도 연평도 사건이 가장 기억에 남는군요. 연평도에 살던 얼마나 많은 개들이 피해를 봤습니까. 무슨 일이 있어도 전쟁은 일어나지 말아야 한다는 사실을 여실히 보여주었습니다. 제가 죽기 전에 통일이 될까요? 남과 북의 개들이 자유로이 왕래하는 세상을 보고 싶군요. 개견적으로는 올해 제가 큰 수술을 받았습니다. 나이가 들면서 여기저기 혹이 났었는데 일곱 군데 정도 모두 제거를 했습니다. 나이가 들고 뚱뚱해서 전신 마취가 좀 위험하다고 들었는데 다행히 잘 끝났습니다. 염려해주신 동네 분들 덕택입니다.

새봄 기자 이재숙 여사가 돈 좀 쓰셨겠는데요?

방울 누나 그렇습니다. 매번 느끼는 일이지만 사람 치료비보다 비싼 건 좀 문제가 있지요. 개와 사람의 의료보험 통합 문제에 대한 사회적 논의를 더 이상 미룰 수 없다고 봅니다.

새봄 기자 방울 누님의 혈통에 대해 말들이 많은 것 같습니다. 한때는 호주의 양치기 개 출신이라는 설 때문에 사기라고 비난받았던 적도 있었지요. 이 자리에서 속 시원히 밝혀주실 수 있겠습니까?

방울 누나 그 설부터 말씀드리겠습니다. 그건 제가 퍼뜨린 게 아니고 이재숙 여사가 사기 친 겁니다. 제가 입양됐을 때 솔이 오빠가 제 출신에 대해 물었지요. 어머니는 차마 똥개라고 아이에게 말하기 뭐했던 모양입니다. 호주에서 양떼를 몰던 혈통인데 한국으로 왔다고 거짓말을 했고 순진한 아이가 그걸 철썩같이 믿었던 거죠. 제가 어떻게 양을 몹니까. 양이 저를 몰면 모를까. 허허허.

다른 의도는 없었을 겁니다. 저를 어디에 비싼 값에 넘기려고 한 소리가 아니잖아요? 그런데 제가 점점 커지면서 행동이나 생김새가 기대와 다르게 변해가니 솔이 오빠가 수차례 의혹을 제기하는 과정에서 일어난 해프닝이죠. 살면서 제 쪽에서 신분을 속인 적은 없습니다. 묻지도 않는데 굳이 제가 똥개란 걸 광고하고 다닐 필요는 없지 않습니까? 제 애견수첩에도 분명 잡종으로 기재되어 있는데 제가 사기 칠 수는 없지요.

새봄 기자　　솔이 형 얘기가 나왔으니 말인데요. 어떻습니까? 방울 누님이 가끔 솔이 형한테 험한 말도 듣고 하던데 둘 사이가 안 좋은가요?

방울 누나　　일전에 솔이 오빠가 저에 대해서 애증을 갖고 있다고 얘기하는 걸 들었습니다. 참 적절한 표현이구나, 생각했습니다. 그러면서 자기가 애증을 갖고 있는 이유가 자신과 닮아서 그렇다는 겁니다. 가끔 제게 "넌 왜 사니? 왜 살아?" 이런 소릴 하죠. 전 그게 다 솔이 오빠가 자기 자신에게 하는 독백이라고 생각합니다. 이젠 저도 속으로 '그런 너는 왜 사니?' 하고 맙니다. 언젠가는 인연이 이어져서 내가 다음 생에 자기 자식으로 태어날까 두렵다는 얘기도 하더군요. 농담이 아니었습니다. 또 별 시답지 않은 소리를 한다고 생각했지만, 아주 진지하게 얘기하는 걸 들으니 제 몸에 소름이 돋더군요. 하지만 솔이 오빠를 탓할 마음은 없어요. 천성이 착한 사람이에요. 저한테 말을 험하게 할 때도 있지만 속은 사랑으로 가득 차 있다는 걸 제가 압니다. 표현이 미숙한 거죠. 새봄이보다 제 편을 들어줄 때도 많습니다. 그렇지만 다음 생에서까지 다시 만나고 싶은 생각은 제 쪽에서도 절대 없습니다.

새봄 기자　　당사자인 제가 대놓고 이런 질문 드리는 게 좀 그렇습니다만 새봄이에 대해서도 하실 말씀이 많으리라 생각되는데요.

방울 누나 참 할 말도 많고…… 갑자기 북받쳐 오르는군요. 죄송합니다. 나이 탓입니다. 새봄이가 들어온 이후로 제 견생이 송두리째 바뀌었지요. 불쌍한 친구라 가족들과 마찬가지로 처음엔 저도 흔쾌히 받아들였습니다. 문제는 가족들이었습니다. 그날로 다들 안면몰수하고 새봄이한테 열중하더군요. 하루아침에 새봄이가 대세가 된 겁니다. 게다가 얘가 사람들한테 아양을 잘 떱니다. 제가 보기엔 어릿광대마냥 저게 뭐 하는 짓인가 했지만 가족들은 좋다고 난립니다. 저는 그걸 못 합니다. 사랑 그까짓 것 못 받으면 말지 구걸하지는 않겠다 이겁니다. 요즘 자기 정체성까지 버려가며 요상한 짓 하는 개들이 많아졌는데요. 미친 짓입니다. 저는 경멸합니다. 어쨌든 요즘은 포기하고 삽니다. 무시하고 삽니다. 새봄이가 일전에 자기 개무시한다고 뭐라 하더군요. 그런데 가족들에게 하나 부탁해야겠습니다. 새봄이에 대한 애정 표현, 다 좋습니다. 하지만 제가 빤히 볼 때는 자제해달라는 거죠. 최소한의 배려란 게 있지 않습니까? 그러다 서로 눈이라도 마주치면 얼마나 민망합니까. 욕이 목구멍까지 올라올 때가 한두 번이 아닙니다. 다행인 것은 먹는 것 가지고는 제가 대우를 좀 받습니다. 하나라도 더 챙겨주는 편입니다. 먹는 거 가지고도 차별받았으면 아마도 집을 박차고 나가버렸을 겁니다. 제 한 몸 어디 가면 입에 풀칠할 데 없겠습니까?

새봄 기자 좀 흥분하신 것 같습니다. 살 만큼 사셨는데, 이런 일 말고도 많은 일을 겪으셨을 텐데요. 기억에 남는 에피소드 같은 거 없을까요?

맺음말을 대신하여
새봄이의 말

방울 누나 오래 남아 있는 기억은 주로 안 좋은 것들 같습니다. 제가 두 살 훌쩍 넘었을 때니 몸집이 이미 다 커버린 시기였지요. 어느 날 화곡동 외숙모란 분이 할머니를 만나러 오셨어요. 절 보더니 깜짝 놀라는 겁니다. 당시엔 제가 사랑을 독차지하던 때라 당연히 외모에 대한 찬사 뭐 이런 걸 기대했어요. 그런데 이분 하시는 말씀이 "이런 개도 집 안에서 키워요?" 이러는 겁니다. 참 황망했어요. 굴욕도 그런 굴욕이 없지요. 제가 그 뒤로 화곡동 쪽으로는 오줌도 누지 않습니다.

새봄 기자 제가 오히려 아물었던 상처를 후벼 판 것 같습니다. 죄송합니다. 앞으로의 계획이나 포부 같은 거 있으면 말씀해주시죠.

방울 누나 나이가 드니 큰 욕심 같은 건 없습니다. 다만 큰 병 없이 건강하게 오래 살고 싶습니다. 할머니가 같이 죽자고 하시는데 전 더 오래 살고 싶습니다. 그러기 위해선 살도 좀 빼야 할 것 같군요. 허허허.

새봄 기자 이제부터 우리 가족 모두 방울 누님의 만수무강을 위해 물심양면으로 돕겠습니다. 이쯤 해서 오늘 얘기를 마무리할까 하는데요.

방울 누나 동생이 우리 집에 들어와 같이 살게 된 게 얼마나 감사한지 모릅니다. 진심입니다. 새봄이가 있어 우리 가족은 꽉 찬 느낌입니다. 사실 가끔 새봄이가 없었으면 내가 좀 더 잘 먹고 잘 살았을 거라는 생각을 안 해본 건 아닙니다. 그러나 그럼 뭔가 부족한 가족이었을 거라는 생각을 지울 수 없군요. 오아시스 없는 사막이랄까? 사랑합니다. 우리 한번 잘 살아봅시다.

새봄 기자　흑흑흑, 그렇게 생각하시는 줄 미처 몰랐습니다. 저도 사랑해요, 누나! 인터뷰를 더 이상 진행할 수 없군요. 이만 마치겠습니다.

후
기

엄마의 말

우리 집 보물덩어리 새봄이를 입양해 키우면서 제 삶엔 큰 변화가 찾아왔습니다. 살면서 언젠가부터 잊어버리고 있던 '사랑해요'라는 말을 이제는 입에 달고 살게 된 것입니다.

새봄이는 오래된 나사처럼 헐렁해진 우리 가족을 하나로 이어주는 행복의 고리가 되었습니다. 새봄이를 '개 자식'으로 부르게 된 이유입니다. '내가 저놈을 거둔다'는 처음의 생각은 착각이었고 결국 축복을 받은 쪽은 우리 가족임을 깨닫습니다. 그러고 보면 새봄이가 저의 은인입니다.

새봄이 말고는 그 누가 이런 마법 같은 일을 해낼 수 있었을까요? 새봄이는 제 인생 최고의 선물임에 틀림없습니다.

생명의 소중함과 인연의 의미를 다시 한 번 생각해봅니다. 새봄이와의 만남에는 간단치 않은 억겁의 인연이 숨어 있지 않았을까요? 비록 말 못 하는 작은 동물이지만 표정을 읽을 수 있고 무엇을 원하는지 알 수 있고 때론 놀라운 텔레파시가 통하기도 합니다. 금생에서의 인연을 소중히 가꾸어 나가렵니다. 이 인연이 다하면 다음 어느 생에서 또다시 다른 인연으로 만나겠지요.

인생의 의미를 다시 생각하게 해준 그 녀석에 대한 소중한 기억을 오래 간직하기 위해 엄마들이 육아일기를 쓰듯 이 글을 썼습니다.

시도 때도 없는 사랑의 레이저 빔을 쏘아주는 방울이와 새봄이에게 고마움을 전합니다. 그리고 저의 가장 든든한 언덕 김정도 씨가 없었다면 이 책은 세상에 나오지 못했을 겁니다.

고맙습니다!! 멍!!멍!!

2011년 새봄 문턱에서
엄마 이재숙

Mr. DOG's private life